ことのは文庫

身代わりの贄はみなそこで愛される

古池ねじ

MICRO MAGAZINE

目次

身代わりの贄はみなそこで愛される

登場人物紹介

赫《かく》天《てん》

水の国の隣にある火の国の神。とある事情から力を失い、母神から子供の姿にされ、水鏡のもとに預けられている。性格は闊達《かったつ》。

仁《ひとし》

十六歳。村長の息子。幼少期からずっと想い続けている相手がいる。根本的には善良な人柄で責任感は強いのだが、それが裏目に出ることも……。

水《み》鏡《かがみ》

水の神様。白く長い髪に水色の瞳を持つ。穏《おだ》やかな性格で、かつては人間と親しんでいた。棲家《すみか》である「みなそこ」に迷い込んできた子猫を溺愛《できあい》している。

鈴《すず》

三百年前に、水鏡の住む湖に落ちた子猫。とにかく可愛く、にに、と鳴く。尻尾は短くて丸い。水鏡、宵に懐くが、赫天に対しては若干《じゃっかん》距離がある。

環《たまき》

十六歳。双子の妹。宵と同じ顔立ちだが痣はない。村の中では垢《あか》ぬけた美人として扱われている。育ちのせいか浮世離れした不思議な魅力がある。明るく無邪気。

宵《よい》

十六歳。双子の姉。顔の右側に生まれつき青黒い痣《あざ》がある。村の仕事はだいたいなんでもこなし、文字の読み書きもできる。子供が好きだが表だって遊べない事情が。

身代わりの贄は
みなそこで愛される

1、水音

水音がした。

湖の黒い水面は常より大きな満月を映していた。一つ大きな音とともに水面は揺れ、月を二つに割り、また何事もなかったかのように静まった。

なんの音もない。

しばしの沈黙のあと、男たちは笑った。

「ああ……よし、よくやった」

「帰るぞ。酒がまだ残ってる」

「いやー、気分がいいな」

「環《たまき》ちゃんも安心だなあ」

「これであと三百年は安泰だ」

「帰るぞ帰るぞ」

不自然なまでに明るい声で騒ぐと、男たちは湖に背を向けて、逃げるように帰っていった。
秋だというのに虫の鳴き声一つ聞こえず、風一つ吹かず、辺りは静まり返っている。
湖面は夜を映し、ただ黒々と沈黙していた。
その水のなかで、男たちに投げ入れられた娘が、ゆっくりと沈んでいた。
粗末《そまつ》な着物から伸びる手足はひどく細いが、まだ若く健康だ。縄などで縛《いまし》められている
わけではない。
娘にはまだ意識もあった。冷たい水のなかでもがく力もあった。
だが、希望はなかった。痩《や》せ細った肉体は痛みと苦しみと諦《あきら》めに満たされて、ただみな
そこに沈んでいった。
意識が薄れていく。何も思い浮かばない。懐かしむような過去もない。誰にも愛されず、
誰からも蔑《さげす》まれて生きてきた。思い出はどんな些細《ささい》なものもすべて痛みと恥辱《ちじょく》と悲しみに
汚れていた。生きること自体が痛みだった。
薄れた意識で、思う。
この痣《あざ》がなければ、最初から私が選ばれたのだろうか。
最初から、こうしてくれればよかったのに。苦痛に満ちた生と裏切りによって齎《もたら》された
死。どちらか一つであればよかったのに。

「なんだ。人間か」

不意に、声がした。低く深くなめらかな声。労働に荒れた村の男たちとはまったく違うが、男の声だ。娘は慌てて目を開いたが、夜のほかなにも見えない。

「ふむ。面白い柄《がら》の娘だな。連れて帰るか」

死ぬ前には、知らない男の声が聞こえるものなのだろうか。
それとも、他に思い出したい相手がいないせいだろうか。
いつの間にか娘の苦痛は消えていた。
みなそこにたどりつく前に、意識を失った。

1、水音

2、双子

まず母なる神がいた。

母なる神は子になる神々を産んだ。神々はそれぞれ別の心を持ち別の力を持っていたが、母なる神の大いなる力のもとでは互いに親しみ安らいで暮らしていた。次に神は大地を作り、大地に住まう人間を作った。母なる神は子である神々に大地と民を治《おさ》める役割を与えた。それが国の始まりであると伝えられている。

各々《おのおの》の国に各々の民。富む国もあれば貧しさに苦しむ国も生まれた。民と近しい間柄を保ち政《まつりごと》にいそしむ神もいれば、民のことは民に任せ、自らの棲家《すみか》で安らぐばかりの神もいた。

その神は後者だった。

国が生まれた頃に民の中から王を選び、王とともに民と暮らしていたが、いずれその姿を隠した。王が政を行う都から離れた湖の底を棲家とし、民の前に現れることももう久しくない。

その神の棲家である湖は大きくはないが美しく澄《す》んでいた。神が遠くなった今では疑い深くなった民も森の中に隠れるようにあるその湖を前にすれば、神の実在を信じざるを得なくなった。湖自体にはなんら変わったものがなくとも、その美しさ静けさ自体が神の実在を示していた。

湖の傍《かたわら》には小さな村があった。湖を民の騒々しさから守る役目を持つ村だ。遠い遠い昔、そこに住む素朴《そぼく》で心優しい民に神が託《たく》した役割だったと伝えられる。その民の子孫が今も村の長として湖を守り、村を治めている。

湖を守る、といっても、そう多くの仕事はない。畑で果実が実ればそのうちもっとも大きく熟《う》れたものを湖に沈める。他の水には浮く果実も、湖に投じれば浮かび上がることもなく沈んでいった。何かが引き寄せるかのように。米の収穫があれば神を讃《たた》える祭りを行った。小さな村だが湖から流れる清らかな川を豊かな水源として作物は不思議なほどよく育ち、天候も穏《おだ》やかだった。村は静かで、奢侈《しゃし》ではないが、豊かな暮らしをしていた。

人々は湖とそこにいるはずの神に感謝し、同時にひどく恐れてもいた。

果実の献上《けんじょう》と祭りのほかに一つ、村には大きな役目があった。

三百年に一度、神に花嫁を捧《ささ》げなくてはならない。三百年に一度、秋の満月の夜、一番美しい娘を、湖に投じる。それが湖の奥底に住まう神が村人たちに求めたものだった。

次の嫁入りが近づいていた。

期日の十六年前、村でも評判の美貌《びぼう》の女の家に、子が生まれた。娘だ、という話が広まると、誰もがその家から花嫁が出ると考えた。

生まれたばかりの娘たちは、双子だった。

そっくり同じ造作の丸い顔。寸分たがわぬ同じ大きさの手足。

だが、一つだけ大きな差があった。

「こりゃあ、妹の方だなあ」

赤子が生まれた祝いと、花嫁の見極《みきわ》めのために訪れた村長が申し訳なさそうに言うと、双子の出産と、村長の判定の緊張に疲れ果てた母親はわっと泣き伏した。

赤子たちは二人とも、無邪気《むじゃき》に黒い目を見開いていた。同じ造作の丸い顔。

だが、姉の顔には大きな青い痣があった。白く丸い顔の右半分を覆《おお》う痣。傷一つない果実を捧げるように、花嫁にも瑕疵《かし》があってはならない。痣のない顔を持つ妹が選ばれた。

「こらえてくれ。すまんなあ。こんなに可愛い子を」

謝る村長に、犠牲《ぎせい》を運命付けられた赤子がにっこり微笑んだ。輝かしく無垢でいたましい。大人たちはその哀れで愛らしい赤子に涙ぐみ、父になったばかりの若者はそっと娘を抱き上げた。赤子のぱっちりと見張った眸《ひとみ》は黒い宝石のように傷一つなく煌《きら》めいている。この世の美しいものすべてを見ようとするかのように。

「すまない。すまない。嫁に出すまで、うんと可愛がってやるからな。うんと幸せにしてやる」

その祈りと誓《ちか》いが通じたのか、赤子はまた、にっこり笑った。小さなものを慈《いつく》しみたい、という人の本能に訴えかけてくる笑みだった。

大人たちは泣きながらも笑い、哀れな赤子を代わる代わるに抱き締めた。

痣のある赤子は、ただ静かに、そのざわめきの外に横たわっていた。

痣のある姉は宵《よい》、神への花嫁に選ばれた妹は環と名付けられた。

痣の有無はあれど瓜二《うりふた》つの双子だったが、長じるにつれ二人の違いは明らかになっていった。

村の誰からも花嫁として大切に育てられた環は、誰からも愛される美しい娘に。

宵は、人目を避《さ》けるようにいつも俯《うつむ》いていた。

村人からはその青白い顔を覆う痣が、罪の証《あかし》のように見えた。

そこにいるだけで誰もの心を和《なご》ませる愛くるしい環が、若くして湖に捧げられるさだめを持つのは、宵の顔を不吉に覆う痣のせいだ。

誰となしにそう囁《ささや》くようになり、環を愛するものはみな、宵を疎《うと》んだ。

両親も例外ではなかった。

環にはほんの赤子のころから村で得られるもっともよいものを与えた。柔らかで丹念《たんねん》に作られた産着《うぶぎ》。人々が環のためにと喜んで作った玩具《がんぐ》。丁寧《ていねい》な細工《さいく》の施《ほどこ》された櫛《くし》。

泣けばすぐに母の乳が与えられ、ほんの小さな不快があればすぐにそれを取り除こうとみなが腐心《ふしん》した。環は愛に包まれて、愛を食《は》んでますます愛くるしく微笑んだ。彼女は生を、周りの人間を愛してやまなかった。

宵はどうか。

まず、母は宵に乳をやるのを拒《こば》むようになった。宵を見ると睨《にら》み付けたあとたまらない様子で顔を背《そむ》けた。力ない赤子は死なぬように与えられた米の磨《と》ぎ汁に浸した布の端を咥《くわ》え、ほとんど泣くこともなく、なんとか生き延びた。与えられたものはなんでも食べた。

いじきたない、と母は宵を憎んだ。もっとも身近な庇護者《ひごしゃ》の態度に感化され、宵は誰からも憎まれるようになった。

幼子《おさなご》の丸みのない細い細い脚でなんとか歩けるようになったころには、宵は家事を言いつけられるようになった。なにしろ環には時間がないのだ。父も母も環とともにあり、環にはいつも笑顔でいてもらいたかった。

おぼつかない手つきで、しかし宵はよく働いた。それさえ両親の目には意地汚《いじきたな》く見えた。せかせかとして、さもしい。環はただ周囲の愛を信じ楽しげに微笑んでいた。

宵が何か些細なことでもしそこなうと、両親は口々に宵を責めた。

こんなこともできないのか。真面目にやっているのか。

そして。

環に申し訳ないと思わないのか。

幼い宵にはその言葉の意味がよくわからなかった。まだ神の花嫁のことを双子は知らなかった。

きょとりと黒い目を見張り、宵は言った。

おもわない。たまきはなにもしていないでしょう。

その瞬間、二人の頭は怒りで焼き付き、父親は幼い宵の頬を思いきり張った。宵の細いからだはばったりと倒れた。

なんて恩知らずな子なの！　あんたは……！　こんな子生まなきゃよかった！

母親は顔を覆って泣き伏し、父親は幼い娘を殴打《おうだ》した手で妻の肩を優しく抱いた。

宵は呆然《ぼうぜん》とそのさまを見つめていた。何が起こっているのかまるでわからなかった。

環、環、と、母親は呻《うめ》くように繰り返した。

この人たちは、環をたいそう愛しているのだ。

疲れと痛みでぼんやりとした幼い頭で、宵はなんとかそれを理解した。顔も心も醜《みにく》い、恩知らずの自分とは違う、美しい妹のことを。

そして、自分を、憎んでいるのだ。

幼い宵にわかるのは、その二つだけだった。

神の花嫁のことが環と、そのついでに宵に明かされたのはそれからしばらくたってのことだった。

珍しく二人ならんで座らされると、宵を見て環は嬉しそうに笑った。宵もぎこちなく環に微笑んだ。両親の前で話すことは少なかったが、二人きりで身を寄せ合うのが、幼い双子は好きだった。双子は互いを唯一無二の存在だと感じていた。誰をも愛する環にとっても宵はどこか特別に慕《した》わしく近しい存在であり、誰にも愛されないことを悟りつつある宵にとって、環はたった一人、その前にいてくつろげる存在だった。環は誰をも愛していて、宵でさえその例外ではなかったから。

微笑みあう二人に両親は咎《とが》めることはなくとも不服そうな一瞥《いちべつ》を投げ、重々しい声で、環が神の花嫁であることを話した。

はじめはなんだかよくわからない様子で聞いていた環は、「神の花嫁」という婉曲《えんきょく》な言葉に込められた残酷《ざんこく》な真意に、遠回りを繰り返しながら近づいていくと、その顔色をなくしていった。

わたし、しんじゃうの?

環がそこにたどりつくと、それまでこらえていたのか、両親はわっと泣き出した。環はそれも恐ろしくて、顔を覆って泣き出した。

しんじゃうの？　わたし、しんじゃうの？　こわい。こわい。やだよお。

すまない。すまないね、環。

謝るばかりの母の膝にすがり、環は涙に濡れた、それでも愛くるしい顔で尋ねた。

じゃあ、ねえさんは？　ねえさんもしんじゃうの？

その言葉を聞いた瞬間、両親は白い顔で黙って座り込んでいた宵を、思いきり睨み付けた。その場に環がいなければ、宵はまた顔を張られていただろう。

環は繰り返し尋ねた。

ねえさんは？　ねえさんはどうなの？　ねえさんもしんじゃうの？　ねえ！

可哀想《かわいそう》に、可哀想に。

問いには答えずに、二人はただ環を抱き締めた。環は涙声で叫び続けた。

ねえさんもしんじゃうの！　ねえ！　わたしだけがしんじゃうの！　ねえ！　ねえさんはしなくていいの！　どうして！　どうしてわたしだけ！　どうして！

普段は明るく笑い声をあげる環があげる叫びは誰の耳にも悲痛だった。両親は環が哀れで哀れでならなかった。

だがどれだけ訴えても、環は十六歳で死に、宵は死なない。それが覆《くつがえ》ることはなかった。

無邪気だが聡《さと》い環は、沈黙からそれを悟った。

ねえさんがうらやましい……。

叫び疲れてかすれた声で、幼い娘は呟いた。両親は啜《すす》り泣いていた。

それらすべての声が刃のように、宵の胸に突き刺さった。だが、泣くこともできなかった。泣くべきは、傷つくべきは環であり、宵ではなかった。

宵はただ息さえ潜《ひそ》めてじっとしていた。啜り泣く環を抱き締めた両親が、僅《わず》かに顔を上げて、宵を見た。暗く光る四つの瞳は、こう言っているようだった。

お前が死ねばいいのに。


自らの運命を知ったあとも環は明るい娘だったが、時折物思いに沈むことが増え、愛らしい笑顔に薄く影がかかることがあった。それが一層彼女を魅力的に、あわれに見せ、みな一層環を愛した。

遊んでいる子供たちが自分達の将来を話していると、ふっと環が黙りこむことがあった。そのさまに気づいたものも黙りこむと、環は気にするなというように笑い、それから寂しそうに呟くのだった。

ねえさんがうらやましい。

子供たちは、その瞬間、その場にいない環の姉、あの痣のある奇妙で陰気な宵を、いっそう憎んだ。

死の運命は環の魅力を増し、人々の環への愛が深いほど、宵への憎しみも深くなった。宵は誰からも憎まれながら成長した。誰からも微笑みかけられることはなく、子供たちには石を投げられることもあった。毎日家事や畑仕事に追われ、ほんの粗末な着古した着物を与えられ、布団《ふとん》もなく一人で納屋《なや》に座って眠り、残り物を人目を避けて食べて育った。

一度、環の口に合わないと残された菓子《かし》を食べているところを、母と客人に見られた。

汚ならしい。あんなふうでも生きたいんだから、大したもんだよ。

そう言う母の口許は嘲笑《ちょうしょう》していたが、眼差しにあるのはただ憎悪だった。

姉さんはあれが食べたいんだから、放っておいてあげたらいいじゃない。

環が困った顔で言った。

元気でうらやましい。

そう呟くように付け加えると、あたりはすっかり神妙な雰囲気になった。口の端に菓子のかすをつける宵以外の全員の目元が涙に潤《うる》んだ。

なんて優しい子なんだろう。

泣き出してしまう大人たちに環は目に涙を溜めたまま微笑んで、
母さん、泣かないで。

と健気に言うのだった。それがさらに涙を誘った。

宵は食べかけた菓子を持ったまま、凍りついていた。どうしたらいいのかわからなかった。環が可哀想で、同時に羨《うらや》ましくてならなくて、また手にある菓子が、食べたかった。

いつでも飢えていたのだ。滅多に口にすることのない甘い菓子。環には一口でもういいという菓子が、宵には食べたことがないほどうまかった。笑われ、嘲《あざけ》られ、醜いと誇《そし》られても、諦めることができないほどに。

あんたはさっさとどこかに行きなさい。

母に言われて、宵は慌てて、菓子を手にしたまま家から走り去った。誰もいない木の陰に座り、手の中で潰《つぶ》れた菓子を食べた。環が手に取ったときにはあんなに美しかったのに。それでも無理に口に詰め込んだ。甘くて美味《おい》しい。

汚ならしい。

母の言葉と、周囲の人々の冷たい眼差しを思い出した。その後の、環を哀れんで泣いていた光景。

宵は、どこかが痛む気がしたが、どこかはわからず、自分も泣いてみたい気がしたが、泣き方がわからなかった。自分にはきっと泣く資格はないのだ。そう信じていた。手についたかすがなくなっても、ぼんやり指をしゃぶっていた。

珠《たま》のような赤ん坊から愛らしい幼子になった環は、やがて花開くように美しい娘になった。村の若い男はみな環に恋をした。環は年頃の娘らしい気のない男への残酷さを持ち合わせておらず、誰にたいしてもきやすく微笑んだ。男たちは自分の熱と同じものを環の笑みに見た。

私は神様のお嫁さんだから。

だが思いを告げられると、環は寂しげに笑ってそう言うのだった。はじめから誰にも嫁《とつ》がないと決まっているのだから、環は誰との未来も見てはいなかった。だから誰にも気安いのだった。そして、どれだけ環を思っても、神の花嫁に手を出せるものなどいなかった。村の人々は神に忠実だった。

一人だけ、例外がいた。

村長の息子の仁《ひとし》は環と同い年だった。物心がついた頃には環を思っていたし、自然なこととして彼女を妻に望むようになった。精悍《せいかん》で押しが強く体も丈夫な彼と環は似合いの一対だと思われていた。しかし決して結ばれることない二人の運命は村人の涙をそそった。

森の木々が少しずつ色づいていく。秋になる。環の命の刻限《こくげん》が迫ると、仁は環に二人で逃げるように頼んだ。環はぱっちりと黒い大きな眸を見開いた。そんなことは考えたこともなかったのだ。

「逃げたりなんかできないわ」

お前だけがそんな目に遭《あ》うのは、俺には耐えられない。一緒に逃げて、二人でどこかで夫婦になって暮らそう。

必死に頼み込む仁に、環は悲しげに首を振った。

「できないわ。これは、私のお役目だもの」

仁は諦めなかった。環に会うたびに一緒に逃げるよう、哀願《あいがん》し、ときには泣き、ときには脅《おど》した。なりふり構わない仁の様子に環は心を動かしはしたものの、だが決して首を縦《たて》には振らなかった。

とうとう次の満月の日が嫁入りという頃になり、環は泣きながら仁に叫んだ。

「私だって死にたくないけど、でもしょうがないじゃない！　村のために決まっていることなのよ！　もうやめて！」

仁は唇を噛み締めた。環は泣きながら立ち去ろうとした。そのとき、たまたまその辺りで薪《たきぎ》を拾い集めていた宵とぶつかった。束ねていなかった薪が辺りに散らばる。環は驚く宵を涙の残る目で見つめると、そのまま走り去って行った。宵は黙って薪を拾い集める。

「宵」

名を呼ばれて、宵は肩を震わせた。見上げると、仁がいて、緊張を僅かにほどいた。村の人間はまだ道理のわからぬ子供を除いて男女問わず宵を罵《ののし》り、ときには暴力もふるったものだが、仁は違った。仁は優しい、と、宵は思っていた。環と同じだ。仁からは罵られたり、暴力をふるわれたことはない。宵にとっての優しさとは、そういうものだった。加害しないこと。親しく声をかけられたり、労《いたわ》られたりしたことは一度もなかったので、自分の身に起こることだと考えたこともなかった。

「宵は、環が可哀想だとは思わないか」

仁の様子は静かだった。だがその質問には常にはない重みがあった。

「思います」

宵は細い声で答えた。本心だった。環は可哀想だった。ここのところ、環は毎晩声をあげ、母にすがり付いて泣いていた。死ぬのがこわい、どうして私が、と。宵は暗い台所で音を立てないように働きながらそれを聞いていた。可哀想に、と母と父が泣く。宵だけは泣いていなくて、あんたは可哀想だと思わないのか、と、環が寝入ると二人に長いことなじられ、足蹴《あしげ》にされた。

可哀想な環。

宵は自分に言い聞かせるようにそう思っていた。

可哀想な環。誰からも愛されて、大切にされて、いつも笑っているのに、いくらだって楽しいことがあるのに、私と違って綺麗な顔をしているから、死んでしまうなんて。

神妙に同意する宵に、仁は静かに頷《うなず》いた。

「そうだな。環は、可哀想だよな」

うつむいて小さくなっている宵に、仁が告げた。

「宵、顔を上げろ」

宵は恐る恐る顔をあげた。顔を見せると不機嫌になる相手が多いのだ。

宵の痣のある、青白く、不幸が染み付いてしまった陰気な顔を、まじまじと仁は見つめた。

「お前、環に似ているんだな」

宵の目鼻立ちは確かに環といまだに瓜二つだったが、宵にはその自覚がなかったため、仁の言葉をひどく奇妙だと感じた。双子は似ているものらしいと聞くが、自分たちは違う。自分は醜く、環は綺麗。宵はただそう思っていた。

仁は戸惑《とまど》う宵からふいと目をそらすと、何か思い付いたように頷いて、声もかけずに去っていった。宵は散らばった薪を拾い集めて家に帰った。

環の高い泣き声が家から漏《も》れていた。

可哀想な環。泣いてばかりだ。

宵は泣いた記憶がなかった。それは自分が恵まれているからだと、思っていた。

ひどく静かな夜だった。

秋の空は高く青く晴れ渡り、やがてすべてが燃えるような夕暮れを経て、夜になった。満月の夜だ。

環は白い花嫁衣装に身を包み、化粧をしていた。涙が滲《にじ》み、目元の化粧は崩れて目尻が赤く染まっていたが、それさえ痛々しくも美しかった。若さと儚《はかな》さが娘のかたちをしてこの夜だけに現れたかのような、白い姿。仁がそれをじっと見ていた。

宵は嫁入りの、環の最後の別れの宴《うたげ》のために走り回っていた。村長の家からと用意された酒を急いで注いで回る。誰かの目に留まると、憎々しげににらまれ、ときには空の盃《さかずき》を投げられることもあった。そういうとき、宵は避けない。避けないほうが酷《ひど》い目に遭わないと経験上知っていた。

「泣いてもいいねえ。悲しくないのかよ。見た目ばかりか心も醜いな」

酔った父からの言葉に、その通りだ、と、叩かれたばかりの頬をおさえて宵は思った。環が可哀想だったけれど、悲しくはなかった。悲しいというのがどういうことなのか、宵にはよくわからなかった。宵の心はいつも鈍《にぶ》く痛んでいて、強い感情は起こらない。

みんな泣いている。みんなにはわかっているのだ。私だけわからない。きっと心まで醜いから。

姉さんはいいわね。

見たこともないほど真っ白な布で出来た美しい衣装を前にした環に、そう言われた。

姉さんにはこの満月の後の世界があるのね。

真っ赤な目で言った環が、本当に、可哀想だった。この満月の後、環にはもう何もないのだ。こんなに美しくて何もかもを持っていても、みなそこには持っては行けない。綺麗で綺麗で、可哀想な環。

普段は酒など飲まない環も、最後だからと酒を口に運んでいた。悲しみのためだろうか。酔うのがみな早い気がした。みなすぐに口が回らなくなり、寝入っているものも多い。

「宵」

空の器を下げていると、仁に声をかけられた。

「湖のほうで、支度しなくてはいけないんだ。女手もほしいからお前も来てくれ」

嫁入りの作法は村長の家のものしか知らないうえに、宵は働かされてもたいてい全体の動きのことは教えられない。なのでなんの疑問も持たず、仁についていった。

森を抜けた先、湖は静かだった。風一つなく波一つなく、湖面は月のかたちをそのまま映して光っていた。ほとりには何の用意もなく、ただ男たちが無言で立っていた。

なにかがおかしい。

宵は仁を見た。月の光は仁の目には入らない。ただ黒々とした闇《やみ》があるばかりだ。

仁が言った。

「やれ」

その言葉の意味を、宵だけがわからなかった。男たちが一斉に宵につかみかかり、宵の細いからだはあっという間に押さえつけられ、土の上に倒れた。痛い。

「なに……」

そうなっても、宵は何が起こっているのか理解できなかった。

「お前、環の代わりに花嫁になれ」

もう何年も着ているせいで丈がすっかり短くなり、あちこちが擦りきれ、ほつれ、元の色もわからない、今は土に汚れた着物を身につけた宵に、仁は告げた。

「な、なに……やめて！」

男たちの固い手に手足をきつく掴まれ、宵は痛みに顔を歪《ゆが》ませる。男たちはばたつく体を易々《やすやす》とおさえ、そのまま抱えあげた。

殺される。

宵はようやっと男たちと仁の意図に気付いた。このまま自分は湖に沈められるのだ。環の代わりに自分が死ぬ。殺される。

宵は混乱し、必死に体をよじって何とか抜け出そうとした。

「くそ！　おとなしくしろこのアマ！」

男たちは口々に言い、宵の骨がきしむほど掴んだが、恐怖と混乱に陥《おちい》る宵には効かなかった。罵倒《ばとう》にも苦痛にも慣れていた宵を力で押し留めることは出来なかった。男たちにはそれがわからず、宵の抵抗に困惑し、恐れていた。抵抗をされることで、自分たちがしている行為、若い娘を騙《だま》して殺そうとしていることと、向き合うことを恐れた。

仁だけは違った。彼は自分が何をしているのか、よくわかっていた。

「宵」

と、静かに、だがよく響く声、村を治める一族として生まれついた者の声で、宵に呼び掛けた。ほとんど名前を呼ばれたことのない娘、命じられることはあっても頼まれたことのほとんどない娘、誰からも愛された記憶のない娘に。

「お前は、環が可哀想だと思わないか」

その途端、宵の体から力が抜けた。男たちの手が、軽い体を乱暴に肩の上に抱えあげ、首ががくりと後ろに折れた。仁の目と、逆さまの宵の目が合う。

仁は宵の目をまっすぐに見つめて言った。

「お前が代わりになれば、みんな幸せなんだ。環が死ぬのは可哀想だろう。お前が代わりになってやれ」

仁はいつも、宵に優しかった。宵を蔑んだり、石を投げたり、傷つけようとすることはなかった。仁は強い男だ。自分の苛立《いらだ》ちを弱いものを傷つけることでごまかしたりはしない。彼は宵と話すとき、宵をまっすぐに見つめた。いつも。このときも。

「環と違って、お前は死んでも誰も悲しまない」

だから、これはただの事実だった。

環が死ぬのは可哀想だろう。

その通りだ。

環と違って、お前は死んでも誰も悲しまない。

その通りだ。

「やれ」

宵はもう抵抗しなかった。

誰一人悲しまない死を、ただ黙って受け入れた。


花嫁衣装を身につけたまま広間に倒れていた環は、口の中の苦味と頭痛に顔を歪めた。何とか目を開くと、朝だった。

来るはずのない朝。

宴のあとだ。あちこちに飲みさしの盃や肴《さかな》が転がり、その間に大きないびきを立て村人たちが寝ていた。満月を見るために開け放たれた戸から、今は白々とした朝陽がのんきに差し込んでいる。環は一瞬、ここが極楽かと疑ったが、様子が普段と異なるだけで、見慣れた我が家だった。寝転がっているのも見慣れた人々だ。母も父もいる。母は白い衣装の裾《すそ》にしがみついていた。

頭を押さえて起き上がる。混乱と、漠然《ばくぜん》とした罪悪感、そして、強烈な喜びがあった。生きている。どうしてかはわからないが、生きているのだ。

「環」

振り返ると、仁がいた。環を見て微笑んでいる。黒い瞳には涙が浮かんで、朝日に煌めいていた。共にこの朝を喜ぶ人がいることの嬉しさに、環も微笑んだ。花嫁衣装は着崩れて、髪は乱れ、化粧も崩れていた。それでも朝日と微笑みだけで、環はその瞬間、誰よりも美しく輝かしかった。

「もう大丈夫だ」

仁は口数が少ないせいか、その声は若いが重々しい響きを持っていた。

「お前は花嫁にならなくていい」

「本当？　そうなの？」

「ああ」

「村は大丈夫なの？」

恐る恐る尋ねると、仁は晴れやかに笑った。環でさえ初めて見るような明るい笑顔だった。見ているこちらも晴れ晴れとした気分になる。

「大丈夫だ。何も心配しなくていい」

その言葉で、漠然と感じていた罪悪感を環は忘れた。大丈夫なのだ。村を治める家の仁がこうまで言うのだから、自分は助かったし、村も大丈夫なのだ。生きているし、生きていてもいい。開け放たれた戸の向こうの空は抜けるように青く、銀色に輝く雲がゆるやかに流れていた。美しい秋だ。最後の秋ではない。

そのうちに、寝転がっていた環の両親や他の村人も、意識を取り戻していった。みな一様に頭をおさえ、口のなかの奇妙な苦み、そもそも大事な日にみなころりと寝てしまったことを不思議がったが、環が生きていること、仁が村は大丈夫だと太鼓判《たいこばん》を押す喜びに、すぐにそのことを忘れた。昨日仁が用意した祝いの酒に何か混ぜ物がされていたことなど、誰も気付かなかった。

酒臭く、散らかった部屋で、人々は喜び合い、涙を流した。環は両親の腕に抱かれ、幸福だった。

宵がいないことには、誰も気付かなかった。

3、みなそこ

「そろそろ起きたらどうだ。娘」

意識を失う前と、同じ声で宵は目を覚ました。目を開けると、見知らぬ場所にいた。白い。そして、広い。白いふかふかとした布団の上に寝かされていたことに気づき、とっさにそこから降りた。布団は自分がいていい場所ではない。

降りた床も白く、見たこともない材質で出来ていた。白い石のような見た目だが、それほど硬くもつめたくもない。ここにもいていいとは思えない。宵はどうしていいかわからず身を縮めた。

「どうした娘。怖いのか」

声の方に顔を向けると、そこには男がいた。

「なんだ」

笑っている。宵はぽかんと口を開いた。

あまりにも美しい男だった。顔かたちはもちろん整っているのだが、その存在自体に圧されるような、目に入った瞬間、その男にすべてが支配される、力のようなものがあった。

長い髪は湖の漣《さざなみ》に似た白。瞳は晴れた日の湖の深い青。宵には着方のわからない白いゆったりとした着物を何枚も重ねて、髪や首に青色の珠をいくつもつけている。

人間ではない。

説明されずとも、それがわかった。

「かみさま……」

思わず漏れた言葉に、神は笑った。

「うむ。水鏡《みかがみ》という」

「みかがみ……さま」

「うむ。娘、お前、名はあるか？」

「あ……」

「あというのか？」

本気か冗談なのかわからぬ水鏡という神の言葉に、宵は慌てて首を振った。

「いえ……あの……宵、と、申します」

「宵。宵か。うむ。なるほど」

水鏡は楽しげに笑った。

「宵。ではよろしくな」

「よろしく……？」

水鏡ははたはたと白いまつげを瞬《しばたた》いた。湖面に波が立つような瞬《またた》きだ。

「お前、私の花嫁だろう」

「え……？」

「本当に人間の娘が来るとは思わなんだが、まあ来てしまったものは仕方がない。面白いものものない我が棲家だが、歓迎しよう」

「は……え……？」

呆然としていると、思わぬ音が耳にはいった。

にに。

猫の声だ。細い、まだ幼い声。

「おお、鈴《すず》。おいでおいで」

水鏡が、気まずくなるほど甘ったるい声で呼ぶ。いつの間にか傍まで来ていた子猫がその膝によじ登り、くわっと大きな口を開けてあくびをした。白い毛の、大きな耳の子猫だ。口のなかは柔らかな桃色で大層愛らしい。小さな体で大きな態度の猫に水鏡も目尻を下げ、ふわふわとした首筋を指先でくすぐっている。

「鈴、この娘は宵。私の花嫁だ。宵、この猫は鈴」

「はあ」

神様の猫、ということは、自分よりも偉いかもしれない。気の抜けた返事をしたあと宵は慌てて頭を下げた。

「よろしくお願いします。鈴様」

「様？　鈴、お前、偉くなったなあ」

水鏡はくすくす笑って鈴を撫《な》でたあと、宵に言う。

「鈴、と呼べばよい。それとも、今の人の子は猫をそれほど尊ぶのか？」

「いえ……では、鈴と呼びます」

「仲良くやるとよい」

「はあ」

小声で水鏡の膝に「よろしくね」と声をかけるも、鈴は見向きもせずに前足を小さな舌で舐《な》めている。愛らしいな、と宵も思うが、猫と戯《たわむ》れるような経験がないため、どうしてよいのかわからない。村で猫を飼うものはいたが、愛らしい子猫のうちは環や他の子供たちが遊んでいて、宵は触れさせてもらえなかった。仲良く、できるだろうか。できたらいいのだが。

「それで、その、水鏡様」

「うん？」

「私はここで、何をすればいいのでしょうか……」

「うん？　好きにすればよい」

「好き、に……？」

「うむ。何が好きだ？　絵か？　楽か？　書物か？　着物か？　ああ、人は食い物も好きだったな。なんでもとはいかないが、ほしいものがあったら言え」

「ほしいもの……」

　思いつかない。そんなことを聞かれたことがない。宵は困って黙り込んだ。俯くと、自分の姿が目に入った。汚れた着物。汚れた手足。このままでいると、この美しい神の棲家も汚してしまう。

　恐る恐る、宵は口にした。

「あの、水を浴びたいです……あと、何か着るものを、貸していただけたら」

「うん。水浴びか？　ついてこい」

　水鏡は鈴を抱き上げて立ち上がった。白い部屋は壁ではなく白い布の衝立《ついたて》で仕切られていた。進むと、外が見えた。戸はない造りが宵には新鮮だった。高床で、縁から短い階《きざはし》が延びている。その下にはこれまた白い砂が広がっていた。どういうわけか、少し遠くに目を向けると靄《もや》になっていて見えない。空は晴れているのに、と上を見て、驚いた。空と見えていた青は空ではなく、水面のように揺らめいている。高さの感覚が慣れなくて、見上げていると伸《の》し掛かってくるようにも感じ、眩暈《めまい》がしそうだ。ここはどうやら、宵の頭では把握《はあく》しきれぬ場所らしいということだけがわかった。

　水鏡は先に砂の上に立っていた。あとに続くと、階を下りたところに、いつの間にか脱《ぬ》げていた宵の草鞋《わらじ》が置いてあった。擦り切れ汚れ、すべてが白く清いこの場所で見ると、あまりにもみすぼらしい。隠すように足を滑《すべ》り込ませたが、その足もまたまめと傷だらけでみすぼらしかった。

「どうした。どこか痛いのか」

　顔をゆがめた宵に目を留めて、水鏡が尋ねる。宵はとっさにうまく言葉が出なかったが、確かに、体が痛かった。いつもどこか痛いので痛みを気に留めないくせがついていたが、湖に投げ落とされるまでに押さえつけられた跡が、そう聞かれるとじわじわと痛んできた。これでは畑仕事はできないかもしれない。

「お前の脚と腕にあるそれ、変わった模様だと思っていたが、怪我か」

　模様。腕と脚についた痣をそう言っているのだと気づいて、宵は羞恥《しゅうち》に顔が赤くなった。俯いて何も言わない宵の頭を、そっと風がなぞった。いや、風ではない。そのぐらいのささやかさで、水鏡の美しい手が、宵の頭を撫でていた。

「可哀想に。痛かっただろう」

　可哀想に。

　宵がぽかんとしていると、水鏡はぽんぽん、と宵の頭を軽く叩いた。すると、宵の体から痛みが消えた。

「え」

汚れた手足から、痣も消えていた。指先やつま先に常についていた切り傷も癒えている。体に痛みのない状態というのが記憶になかったので、宵にとってその状態はほとんど感覚がないのと同じことだった。死ぬ、というのは、もしかしたらこういうものだろうか。そんなことさえ考えた。

痛みが取り去られたことで、常に心を覆っていた重苦しいものが消えて、宵は無心で顔を上げた。すると、そこには水鏡の瞳があった。宵を見つめる青い瞳。澄み切っていて、美しくて、優しい。それは宵が初めて知る、自分に与えられた優しさだった。傷ついていた心と体に、ただそっと差し出されたもの。

気づかわしげに、水鏡は尋ねる。

「もう、痛くはないか?」

何か喉に熱いものがつまって、宵はうまく答えられなかった。黙りこくって、自分を見つめる宵に、水鏡は微笑みで答えた。そのとき、宵は許されていた。相手に合わせてうまくふるまえないことも、みすぼらしいままそこにいることも、宵、というたった一人の自分であることを。

「痛くないのならよかった」

宵はうまく答えられないまま、頷いた。痛みがなく、許されている。目の前の人に、優しくされている。見たこともない場所で、見たこともない人に。こんなことはあり得ない。これが死なのだろうか。白くて美しくて、痛くなくて、優しい。

宵は心から思った。

これが死なら、死んでよかった。


水鏡に導かれてたどり着いたのは、水場だった。

正円の白い盥《たらい》のようなものだが、宵の生家なら丸ごと入るほどの大きさがある。水面は鏡のように光り輝いていて、白や薄紅や淡黄《たんこう》の、見たこともない花が浮かんでいた。宵のよく知る緑から滴《したた》る色とりどりの雫《しずく》のような野の花とは違って、一つ一つが誰かが丹精《たんせい》込めて作り上げたような近寄りがたい美しさがあった。

「水浴びをしたいのだったな。これでいいか」

水場のそばには確かに白い敷物があり、その上には白い着物と白い履物と、体を拭くための大きな布が畳《たた》んで置いてあった。

「水浴び……ここで……」

「気に入らぬか？　私はあまり気が利かぬ性質《たち》でな」

「いえ……あの……」

「遠慮《えんりょ》することはない。お前の気に入るものを用意しよう」

宵は慌てて首を強く振った。勢いに、水鏡は笑い、手の中の鈴がにに、と鳴いた。

「気に入らないとかではなくて……私、汚れているので、こんな綺麗なところに入るのは……」

「うん？」

「私が入れば……汚れてしまいます」

羞恥を堪《こら》えてなんとか言った。汚れているのは常のことでも、水鏡にそれを口で伝えるのは恥ずかしかった。

「だからなんだ？」

水鏡は怪訝《けげん》な顔をしていた。宵は黙ってその顔を見た。水鏡は微笑んだ。

「いや、悪い。お前はそれを、気にするのだな。汚れか。気づかなかったな。うん」

ぽんぽん、と、宵の肩を軽く叩いた。すると、宵の肌についていた土はどこかにとりさられ、なめらかな若い肌が露《あらわ》になった。

「え……」

「綺麗になったぞ。水に入るか？」

にに、と水鏡の手のなかで鈴が身をよじった。水鏡が優しく言う。

「お前はやめておけ。宵はどうする」

宵は美しい水場を見た。どこもかしこも輝いており、目の前にあるのにそこにあるとは信じがたい。だがこれは、水鏡の言葉を信じるなら宵のために用意されたものなのだった。

「……入ります」

消え入りそうな声で答えた宵に、水鏡は、

「そうか」

と嬉しそうに笑った。


水鏡が嬉しそうに自分を眺めているので、着物は着たまま入ることになった。爪先を浸すと、水はその清涼なつめたさを伝えたが、凍《こご》えるほどではない。隅《すみ》に行きたいが、丸いので隅というものがない。縁に腰かけて、花を眺める。虫食いも褪色《たいしょく》もない、どこまでも瑞々《みずみず》しい花びら。その合間、光る水面に、自分の顔が映った。痣のある顔。環と似ている、と、仁は言った。似ているとは思えない。だが、環と双子で、痣があった。誰にも愛されない、死んでも誰も悲しまない証拠のように感じていた。だが、この痣があったから、ここに来られたのだ。死にたくない、と環はずっと泣いていた。ならばきっとこれでよかったのだ。環にとって生きることは、ここにいるよりもずっといいことだったのだろう。宵にはそれが想像もつかない。見上げると、空に似た青が揺らめいていた。見たこともない青だ。幸福な生は、宵にとってはあの青と同じほどに遠い。

「どうした」

いつの間にか、水鏡が並んで縁に腰かけていた。白い着物が水を含《ふく》んで浮いている。白い大きな足の先には形のよい爪があり、水の中にあると魚の腹のように光った。膝の上を見たが、鈴がいない。

「鈴は」

「あやつは飽きたようだな。どこかで遊んでいるだろう。向こうのほうに木を作ってやったから、そのあたりで寝ていることが多い」

指さす先は靄になっていて見えない。木を作ってやった。どういうことだろう。

「それか、遊んでやっているかだな」

遊んでやっている。誰とだろう。他の猫でもいるのだろうか。辺りは森の中の湖と同じようにしんと静まっていて、生き物の気配は感じ取れない。

水鏡の容貌《ようぼう》や光景の非常識さになんとなく受け入れていたが、結局ここはなんなのだろう、と、宵はふと疑問に思う。水鏡の優し気な眼差しに身に沁《し》みついている警戒心《けいかいしん》をわずかに解《と》いて尋ねる。

「ここは、湖の底なのですか?」

「うん? そうとも言えるし、そうではないとも言える。ここはただ私の棲家だ。人間たちと関わるときは湖を通すが、お前たちが湖の底をさぐってもここにはたどり着けまいよ。

私が道を開いてやらなくてはいけない」

水鏡の説明は宵にはよく理解できなかったが、湖からここに来たことは確かなようだ。湖に投げ込まれて、水鏡に助けられた。

「ここには、他に誰がいるのですか」

「私と、お前と、鈴。あとは居候《いそうろう》が一人」

「居候？」

こんなところにも居候なんてものがいるのか。

「そのうち会うことになる」

「はい……他は？」

「それだけだ」

これだけ広いのに。

宵の考えに添うように、水鏡は微《かす》かに寂し気に笑った。

「人の子とこうして話すのは久しいが、うん、悪くない。新鮮だ。お前はよい娘のようだし」

「……そう、ですか」

よい娘、と言われたのは初めてだった。そうではないと思っているので、口が重くなる。

水鏡は水面の花に指先で触れた。花はすっと水面を滑る。さらさらと白い髪が白い肩を流れている。すべてが美しい。宵は見惚《みと》れた。ぼんやりとして、そのことに気付いてはっとしても、水鏡は宵に何かをさせるつもりはなさそうだった。ただ、見惚れていても怒られることはない。

「水浴びも悪くないな。私は楽しい」

ただ美しいものを眺めているつもりが、水鏡がこちらを見たので、宵は戸惑った。水鏡は宵を見つめている。輝く水面よりも水鏡の瞳はさらに美しい。輝きが強くて、宵の惨《みじ》めさも輝きの中に紛《まぎ》れてしまう。

「私も、楽しいです」

口にして初めて、宵は自分が楽しんでいることを知った。差し出がましいかと恥じ入る前に、水鏡はとろけるように微笑んだ。

「それはよかった」


水から出ると、宵は用意されていた着物に着替えようとした。着替えようとしても変わらず水鏡がこちらを見ているので躊躇《ためら》っていると、

「どうした。気に入らないか」

と言うので、

「あの、着替えは見ないでいただけると……」

と、なんとか言った。こんなにみすぼらしい自分にも娘らしく肌を見られたくない、という意識があることが宵には恥ずかしかった。水鏡は、

「そういうものか。ではあちらを向いていよう」

と、あっさり言うとくるりと背を向けた。待たせてはならぬと宵は着物を広げたが、気に入る気に入らない以前に、着方がまるでわからない。さらさらとしているのに光沢のある白い生地は環の花嫁衣裳に多少似ている気もするが、宵が触ると汚れるからと着付けは手伝わなかった。それらしく取り繕《つくろ》うこともできない。困っていると、ふわりと布が浮いた。

「え」

水鏡かと思ったが、彼は変わらず背を向けていた。魚影のような何かぼんやりとした影が、そこにあった。輪郭《りんかく》がつかめない影が、着物を持ち、そして、するすると段取りよく着つけていく。

着付けが終わると、宵のごつごつと細い手足は美しい布に覆われた。布は多いがとても軽く、締め付けることもない。動きやすそうだ。

「もうよいか」

「はい」

水鏡が振り返り、宵を見て、相好《そうごう》を崩した。

「いいな。似合うぞ」

「そう……でしょうか」

「うん。なかなか愛らしい」

宵は顔が熱くなった。鼻の奥が痛くなるほどだったが、水鏡は楽しげに笑っている。この言葉もこの方にとっては大したことではないのだと考えて、何とか持ち直す。

「だが少し色が寂しいな。うん。これをやろう」

水鏡は両耳のうえに差していた髪飾りのうちのひとつを取ると、宵の髪に飾った。宵の顔の横で、青色の小さな珠が房のようになったものが、しゃらしゃらと微かな音を立てた。

「似合うな」

「いえ……いえ、そんな、いただけないです。着物だけでももったいないのに」

「気にするな。私たちは夫婦だろう」

夫婦。

「え……」

「違うのか？　お前は私の花嫁だろう」

起きたときにも言われていた気がしたが、ただの名目上《めいもくじょう》のものに過ぎないと思っていた。

水鏡は本気なのだろうか。

「私は振られてしまったかな」

くすりといたずらに笑う。そこに微かに寂しげな気配を感じて、慌てて宵は首を振った。

「違います！　そんな……水鏡様は、素晴《すば》らしい方です……お優しくて」

「では、夫にしてくれるかい？」

「でも……でも……違います、私が……」

「うん？　どうした」

水鏡は素直に宵の言葉に耳を傾《かたむ》けている。

「私が……醜いので……」

それを口にするのが、苦しくてならなかった。自分が醜いことなど知り尽くしていて、誰に言われてももう心も動かなくなっていたが、この美しく優しい人に、そんな言葉を聞かせることは宵でさえまだ知らない苦しみだった。

「醜い？　お前が？」

水鏡はそっと宵の小さな顔を両手で包んで顔を上げさせた。水の色の瞳が、宵を見つめていた。陰気だと疎まれた顔、醜いと罵られた痣も。

「どこが醜いものか。お前は可愛いよ」

「でも……痣が……」

「これか？」

水鏡は親指でそっと痣に触れた。

「面白い柄だと思ったが、お前は気に入らないのか？」

「柄……」

猫の柄と同じように思っているのだろうか。手足の痣のことも、模様と言っていた。

「青があると涼《すず》やかでいい」

宵は思わず笑った。この人にとって、自分の痣、それにまつわる苦しみは、なんの意味もないものなのだ。ただ猫の柄と同じなのだ。

「そう、ですか……」

「気に入らないのなら、消してやろうか？」

「……出来るのですか？」

「出来る」

なんでもないふうに言われ、宵はぽかんと口を開いた。

「消すか？」

重ねて問われて、咄嗟《とっさ》に首を振った。なぜそうしたのかもわからないまま。自分が首を振ったことが、宵にも意外だった。なぜ喜んで消してもらわないのだろう。これがあるから、醜かった。これがあるから、嫌われた。これがあるから、殺された。

でも、自分がこの痣を嫌ったわけではない。ただこの顔に生まれただけだ。

「そうか」

水鏡は嬉しそうに言うと、宵の痣をもう一度、そうっと撫でた。それは髪飾りに触れるときよりもよほど大切そうな仕草だった。

「私はこれが好きだ」

「……そうですか」

それなら、構わないのかもしれない。醜いとかみっともないとか、それは村の、人間の考えで、みなそこの神には関係のない話なのかもしれない。

「夫にしてくれるかい？」

水鏡は気軽な様子でそう尋ねる。誰を妻とするのかも、ここではたいしたことではないのかもしれない。水鏡がつけてくれた髪飾りが、しゃらしゃらと鳴る。

「……水鏡様が、よいのであれば」

宵は答えた。

「うん、では、私たちは夫婦だな」

それでも水鏡に嬉しそうに言われると、なんだかことの大きさに目眩《めまい》がしてきた。

「何がしたい」

と水鏡は宵に尋ねて、宵は家の仕事なら少しは出来ると答えた。煮炊きや洗濯や掃除、繕い物。水鏡は軽く顎《あご》に手を当てて、考え込むようにしたあと、頷いた。

「ついてこい」

そして、小さな流れのある洗濯場や、裁縫《さいほう》のできる小部屋、そして厨《くりや》に案内してくれた。薪や鍋などの道具は白くはなく、村で見慣れたものに近い。宵は少し心和んだ。厨の棚には肉や魚、山菜や木の実、宵の知るものも知らないものもぎっしりと詰まっていた。どれも新鮮でうまそうだ。

「どこも好きに使うとよい」

「はい。何か作ります」

義務だけではなく、楽しみになってそう口にした。初めてのことだった。

「うん。では待っている」

水鏡がそう言って立ち去ったので、宵はさっそく料理を始めた。いつの間にか襷《たすき》が置いてあったので、襷掛けをする。火は簡単に起き、水ももう汲《く》んであった。まるまるとした粒の揃った米を炊き、山菜で汁を作り、魚を焼いた。待つ間に肉や魚を味噌《みそ》で漬けたり、野菜を糠《ぬか》漬けにしたりもした。とても静かだった。米が炊ける音や、ものを切る音だけが響く。作業中に他ごとを言いつけられたり、別の仕事をしていなかったからと怒鳴られたりしない。道具もよく手入れされていて、とても使いやすい。宵は調理に没頭《ぼっとう》した。自分の手で、食材が料理に整えられていくことを、ただ楽しいと思った。

にゃあ。

「あら、来たの」

普段と様子が違うのに気づいたのか、鈴が来ていた。宵の脚に体を擦り付ける。そのふわふわとした感触に、宵の口元はそれまで知らないかたちに緩んだ。慌てて顔を引き締めようとして、咎めるもののいないことに気づいて、緩むに任せた。それまでにはなかった、口元の自由。

「お腹が空いたの?」

少し迷い、いくつか焼いたうち、焦《こ》げのついた魚を選んで、皮をとって身をほぐしてやった。骨も取る。

「食べる?」

小皿によそうと、にに、と愛くるしい声を上げて、鈴はちらりと舌で舐め、満足のいく味だったのか大きな口で食べだした。それを宵は眺めていた。与えたものを小さな生き物が享受《きょうじゅ》するのは、単純に気分がいい。初めて知ることだった。

鈴は空の皿をぺろぺろと舐め、大きく伸びをした。宵はそうっと手を伸ばし、白い毛を撫でてみる。あたたかく、小さく、ふわふわとした毛と皮膚《ひふ》の下にある骨の感触。小さいけれど力強いかたちをしている。宵はすっかりこの小さな猫に夢中になった。

「なんだ、ここにいたのか鈴」

知らない高い声がして、宵は咄嗟に謝った。

「申し訳ありません！」

「は？　なんだお前」

ひょいと厨を覗き込んで尋ねるのは子供だった。年のころは五歳ほどだろうか。白い着物からにょっきりと日に灼《や》けた手足が伸びている。風に揺れる短い髪も、釣りあがった目も赤い。みなそこで初めて見かける色彩に、宵は目を細めた。滲んだ視界の中で、子供はそのものが炎のようだった。小さな姿に莫大《ばくだい》な力を隠し、だが溢《あふ》れ出して揺らめいている。水鏡とはまるで違うが、その力の気配だけは同質のものを感じさせた。呆然と自分を見つめる宵を、赤い瞳が焦がすような熱さで見つめ返す。

「人間か？　なんでこんなところにいる」

「これは私の妻だ」

問いに応《こた》えたのは水鏡だった。子供は背後から現れた水の神をきっと睨みつけた。

「お前の？」

「ああ」

「水鏡様」

鈴はするりと宵の手をすり抜けて、水鏡に体を摺り寄せた。

「おうおう。可愛いな」

水鏡は鈴を抱き上げる。子供は水鏡に手を伸ばした。

「よこせ」

「お前は乱暴だから鈴は嫌だとさ」

鈴は小さな足を舐めている。子供のことは一顧《いっこ》だにしない。子供はふん、と顔を背けると、足音もなく駆け出して、そのままどこかに消えてしまった。初めから何もいなかったかのように。

「あの……方は？」

「居候だ。赫天《かくてん》と言う」

「赫天……様」

敬称をつけたのは気を遣《つか》ったというより、そちらのほうが自然だと感じたからだった。気ままな振《ふ》る舞《ま》いと幼い姿、居候という立場であっても、宵が呼び捨てにすべき相手とは思えない。

水鏡は軽く告げる。

「お前のことは気に入ったようだな」

「そう……でしょうか」

二人の間に割り込むように、にに、と鈴が鳴いた。

「どうした。可愛いやつだなお前は」

甘い甘い声で水鏡が言う。宵は微笑ましい気持になる。

「はい。可愛いです」

「お前も可愛いよ」

面食《めんく》らう宵に水鏡は微笑む。その笑い方が鈴に向けるものと同じで、ああ、と、宵は納得する。この美しい神にとって、宵と鈴は同じ小さな頼りない命なのだろう。手の内にあるので、可愛がっている。

それは仁が環に望んだような、人間の夫婦の在《あ》り方とは違うのだろう、と、なんとなく宵は思う。人間の情熱も神の愛玩《あいがん》も宵にとっては遠いものだったが、後者のほうが好ましかった。この方は、猫を許すように、私を許してくださるだろう。どんな猫も宵の目には愛らしく見えるように、どんな人間だろうと水鏡には愛らしく見えるのだろう。そう考えることにした。

それでも可愛い、と言われて甘く微笑まれると、なんとも言えないくすぐったさがあった。宵はあいまいに笑う。

「そろそろできます」

「ああ。いい匂いがする」

「あちらでお待ちください」

「ああ。頼もう。鈴、行くよ」

ひょいと鈴を持ち上げる。思いついたように付け加える。

「あやつの分も用意してやってくれ」

「ああ……はい」

赫天という子供のことだろう。

水鏡が行くと、宵は膳《ぜん》を二つ用意した。食器は宵の知るものよりもはるかに上質だが、やはり見慣れたものに近い。しっとりとした見事な艶《つや》の漆器《しっき》に彩《いろどり》のよいよう盛りつける。経験は重ねているが高度な技術を教わったわけではない宵の素朴な料理も、器がいいのでうまそうに見える。とても綺麗だ。宵は満足して隣の部屋に膳を運んだ。赫天はいない。膝を崩して座る水鏡が、鈴をじゃれつかせている。

「お待たせしました」

「ああ。ありがとう」

礼を言われて、思いがけないほどの嬉しさを覚えた。盛り付けに満足したつもりでも見るからに尊い存在である水鏡を前にすると、もっとああすればよかったこうすればよかったと後悔するが、水鏡が笑ったことで氷解《ひょうかい》する。

「とてもうまそうだ。いただこう」

膝に鈴を乗せたまま水鏡は箸《はし》をとった。宵は横の床に座り、背筋を伸ばして水鏡の口元を注視した。

「うん。うまい」

一通り箸をつけて、水鏡は言った。宵はそのまま崩れ落ちそうなほどほっとした。水鏡は無造作《むぞうさ》に、しかし美しい所作《しょさ》で食事をする。宵はうっかり見惚れた。

「宵」

ふと、手を止めて水鏡が言う。

「はい」

「いつまでただ見ているんだ」

「あ、はい」

宵は立ち上がった。

「洗濯をしてきます」

「違う」

水鏡は首を振った。不安になる宵に、水鏡は困ったように笑う。

「お前も自分の膳を用意して食べなさい」

「え……」

宵は硬直《こうちょく》した。そんなことはできない、と思った。

「腹が減らないか？」

首を振った。この場所のせいか、そう言えばずいぶん長い時間食事をしていないはずなのに空腹は感じない。それとは関係なく、ただ、できないのだった。自分の膳を用意することなどできない。理由を思いつくより前に、ただ、できない、と思ったのだった。

自分の膳、というものを、宵は経験したことがなかった。膳は環や両親に用意するが、宵には自分の分、というものが、なかった。膳どころか器さえ持っていない。つまみ食いや、食べ残しで生きてきた。宵の細い体を養ったものは、いつだって宵のために用意されたものではなかった。誰かのおこぼれか、こっそり奪い取ったもの。宵はそうして生きることに慣れ切っていたが、それでもいつも、恥じていた。食べることも、食べたことでできた肉体のことも。

「少し待っていろ」

何も言えずに黙っている宵に言うと、水鏡はすっと立ち上がり、裾に鈴をくっつけて去って行った。宵は不安で、不安なときはいつもそうするように、硬直していた。下手に動くと殴られるので。

しばらくすると、にに、と鈴の声とともに、水鏡が帰ってきた。宵は水鏡が帰ってきたことへの安堵《あんど》と、何を言われるのかという恐怖を同時に覚えた。硬直はまだ解けない。

「ほら、食べなさい」

水鏡は持っていた膳を、宵の前に置いた。水鏡に用意したのと同じものが、しかし不格好に盛りつけられている。量だけはたっぷりとある。

「これ……」

「盛りつけるだけならたやすいかと思ったが、なかなか難しいな」

「水鏡様が……？」

「うん。恥ずかしいが。たんと食え。ほら」

「私が食べて……いいんですか？」

「お前のものだ」

宵はそう無造作に言ってまた腰かける水鏡と、自分の前の膳を見た。四角い膳の上に並んだ食器。ぴかぴかとした米、ふっくらと焼かれた魚。具の多い汁。つやつやとした赤い箸。全部、自分のものだ。自分に用意されたものだ。

なんて美味しそうなんだろう。

「いただきます」

言ったことがない挨拶《あいさつ》だったので、声が震えた。震える手で箸を握った。飯椀《めしわん》を持つのも初めてだった。透き通るように白い米を箸でつまみ、口に入れた。

自分のものだ。

美しい着物も、髪飾りも、もらいはしてもどこか自分のものではない気がしていた。ほしいとさえ思ったことがないものをもらっても、現実味がない。

でもこれは、ずっと、ずっとほしかったものだった。自分の分の膳があって、誰かと食事ができたら、どんなにいいだろう。両親と環が楽し気に何がうまいだの今日何があっただのと話すのを聞きながら、しゃもじで掬《すく》った米を慌てて口に放りこんで、ばれないように呑《の》みこんでいた。あのなかに入りたいと願いながら、願うことを恥じていた。知られてはいけなかった。

でも、かなえてもらえた。

「うまいな」

水鏡が自分の分の魚をひとかけら鈴にやって、言う。宵と、鈴、二人ともに言っている。

「はい」

宵は震える声で言った。

「とても、美味しいです」

にに、と鈴も、応えるように鳴いた。

ゆっくりと食事を終え片づけのために宵が厨に下がると、炎があった。違う。これは子供。赫天と呼ばれる何者か。

「うまいな」

炎に似た子供はそう言うと、米のついた手を舐めた。用意された箸ではなく、手で食べている。

「お前が作ったのか？」

「え、えぇ……」

「これは俺の分だろう。違うのか？」

つんと小さな顎を上げて、挑むように言う。

「その通りですが……ええと……少し、ごめんなさい」

宵は言うと、軽く手を濡らすと赫天が手を付けた膳の前にしゃがみ、半分ほど残った米に、冷めた魚を具として握り飯を作った。赫天が手を出す間もないような手際《てぎわ》だった。

「こっちのほうが、食べやすいかと……」

赫天はぱっと顔を輝かせた。

「お前！　宵！」

「は、はい」

「いいやつだな！　気に入ったぞ！」

そして握り飯を両手に持つと豪快《ごうかい》に頬張《ほおば》った。

「うん。うまい！」

あっという間に膳を空にすると、ぱんぱん、と小さな手を打ち鳴らした。手と口周りの汚れが初めからなかったかのように落ちる。

「遊ぶぞ！　宵！　ついてこい！」

手を引かれる。何が何だかわからない宵を振り返り、赫天が首を傾げた。目が合う。

その瞬間、赫天の赤い瞳に喜びが閃《ひらめ》いた。小さな褐色《かっしょく》の顔に笑みが輝く。ただ宵がここにいることを、この子供は喜んでいる。

赫天に導かれ、宵も駆け出した。自分が微笑んでいることには気付かなかった。


宵のみなそこでの暮らしは穏やかだった。煮炊きをし、洗濯をして、掃除をする。その合間に鈴と赫天と遊ぶ。

「俺は火の国の神だ」

と赫天は名乗った。宵は驚かなかった。ただの子供にはとうてい見えない。

火の国はこの国の隣国だ。火山がいくつもあるのでそう呼ばれている。肥沃《ひよく》な土地で鉱石や鉱物で有名で、環が持つ宝飾品の多くも火の国からのものだった。民も富んでいたが、宵が生まれる前の火山の大噴火で国が荒廃《こうはい》してしまった。今はこの国の援助を得ながら再建に向かっている、という程度が宵の知ることだった。

その火の国の神が、何故《なぜ》ここにいるのだろう。

気にはなるが、赫天はそれ以上を話してはくれず、宵には相手が話さないことを問いただす習慣がなかった。赫天は宵を気に入ったようだった。

「水鏡は陰気で偏屈《へんくつ》だからな。お前も俺といたほうが楽しいだろう」

傲慢《ごうまん》に顎を上げてそんなことを言うが、声も顎も頼りないほど細く、宵は恐れよりも切なさを覚えた。神にそんなものを覚えるのは不遜《ふそん》である自覚はあったので、勿論《もちろん》口には出さない。

「陰気でつまらんやつだから、ここも地味でつまらんが、しかしあやつも腐っても神だからな。見ようによっては面白いものもある」

そしてみなそこを案内してくれた。小さな手で宵の手を引き、あちこちに連れ回す。

初めの頃、宵は完全に混乱していた。みなそこには御殿があり、さまざまな部屋がある。広間や寝間、子供向けの玩具を集めた部屋があれば、さまざまな宝飾品が所蔵された蔵、楽を楽しむための舞台らしき場所、広くあらゆる書物が収められた書庫。白い布で仕切られた白い御殿は村の風景を見慣れた宵には距離が測りがたく、どうなっているのかわからない。どこにどの部屋があるのか、すぐにわからなくなってしまう。頭の中で地図を書こうにも、何がどの向きにあるのかわからない。深く考え理解する前に、赫天は手を引き次の場所へと宵を連れていく。

どこがどうなっているのかまるでわからない。わからないが、迷うこともない。厨はこちらだったか、と足を向けると、厨に辿《たど》りつく。どういうことか。

食事の際、水鏡に何か気になることがあるかと訊《き》かれ、話してみた。宵が料理をしている間に赫天はどこかに行ってしまい、水鏡と宵の二人で向き合って食べている。水鏡の横に鈴がおり、ほぐした魚の身を食べている。

「なるほど」

鈴の背を撫でながら水鏡は笑った。

「ここは人の棲家とは違う理《ことわり》が働いている。足で歩くのではなく、心で歩くのだ。行きたい場所があればたどり着ける」

水鏡が言うことは確かに宵の経験と一致したが、頭が理解を拒んだ。心で歩く。どう応えるべきかわからない宵に、水鏡は優しく言う。

「迷うときは私を呼べ。それさえ覚えておけばいい」

こっくり頷いてから、薄い胸にじわじわと何かが広がってくる。みなそこに来てから時折感じる何か。

「赫天とはうまくやっているようだな」

「ええと……よくしていただいています」

「面倒なところもあるやつだが、よろしく頼む」

「宵の面倒を見ているのはこっちだぞ」

宵が振り返ると、頬に米粒を付けた赫天がいた。宵を見てにっこり笑い、米粒を指先で掬って口に放り込む。

「宵、今日もうまかったぞ」

宵が厨に用意しておいた赫天の分をもう食べてしまったようだった。

「よかったです」

「早く食え。鈴もだ。遊ぶぞ」

赫天に急かされ、宵はほとんど手つかずの膳をかきこもうとした。話しながら食べる習慣がないので、水鏡と話している間、食べる手は完全に止まっていたのだ。

「慌てずとも良い」

水鏡は宵を優しくたしなめると、赫天に尋ねる。

「何をして遊ぶ。私も行くか？」

応えずにぷいと幼く顔を背けると、

「木登りをするからな」

と宵に言い置いて去って行った。足音も立てず、翻《ひるがえ》る白い着物の裾が光る。黙々と米を口に押し込む宵に水鏡は肩を竦《すく》めた。

「お前も木に登るのか？」

「赫天様がやれと言うなら」

「それは面白い」

それから少し経って、宵は御殿の外に生えていた見事な枝ぶりの木の上にいた。前に鬼ごっこをしたときにはこんな木は見当たらなかったものだが。

赫天の手には鈴がいる。背に乗せてここまで登ってきたのだった。鈴は水鏡の膝にいるときほど寛《くつろ》いではいないが、しかし赫天を厭《いと》っているようにも見えない。可愛らしい子供と、可愛らしい猫。

「お前なかなか見込みがあるな」

鈴の顎を撫でながら赫天は満足げに笑っている。

「ありがとうございます」

そう言う宵は赫天に促《うなが》され、おっかなびっくりここまで登っただけだ。高い木の上から見下ろすと、みなそこは霧がかかったようにぼやけている。遠近感が狂う。自分は本当にここにいるのか怪しくなってくる。元より死んでやってきたのだから、こんなようなものだろうか。宵はぼんやりとした意識で、霞《かす》んだ風景を見つめる。

「宵、木登りは好きか」

赫天の問いに、宵は言葉を詰まらせた。村にいた頃から、木登りは時々していた。宵がすすんでするのではなく、仕事の合間に村の子供たちに付き合って登らされていた。木登りは怖かった。子供が登るにはちょうどいい木でも宵は枝が折れるのではと恐れていた。宵がいるときに子供が怪我をすれば責められるのは宵だったし、宵に言いつける仕事がある大人に木登りが見つかると叱られた。いつもびくびくとあらゆるものに警戒をしながら登っていた。

宵の答えがないことを気にしたふうもなく、赫天は目を閉じて言った。

「俺は好きだ」

目を開き、赤い瞳で宵を見つめる。赤い瞳に映ると、宵の痣のある白い顔は不思議と生き生きとして見えた。

「お前とできて嬉しい」

に、と、その腕の中で鈴が鳴いた。みなそこは静かで、木の上はなお静かで、宵の髪が風に揺れる音と葉擦《はず》れの音が混じった。村にいたときも、心を静かにすればこんな気分を味わえたのだろうか。

「そろそろ降りるぞ」

赫天は言うと、鈴を左腕に抱え込んだ。それを見て、宵の喉に詰まっていた言葉が零《こぼ》れる。

「わ、私、も……」

右手で枝を握った赫天が宵を見上げる。水鏡も赫天も、ここでは宵の言葉を待ってくれる。

「私も、木登り、好きです」

口にするとなんてことのない言葉に過ぎない。それでも宵は、それを口にしたことで何か自分の重みが増したような気がした。木登りが好き。本当のところ、木登りが好きかどうかなどわからない。だが今この不思議な子供と猫とこの木の上にいるのは、特別なことなのだ。何が好きかも考えずに生きてきた自分には受け止めきれないほど。

「そうか。よかったな」

赫天は宵より遥かに年かさであるかのように鷹揚《おうよう》に頷いた。実際のところ、この子供は神であり、遥かに年上なのだとも宵は思い出す。

この場所ではすべてが奇妙だ。

赫天は鈴を連れてするすると木を降りていく。

「宵！　早く降りてこい」

子供っぽく急かされて、宵は慌てて木を降りる。口元がおかしなふうに歪んでいるが、直すことができない。

怯《おび》えと悲しみと屈辱《くつじょく》の中で育った宵の心は、自分が考える以上に幼い。彼女は自分が笑っていることにも気付いていなかった。


宵は洗濯をしていた。洗濯場では澄んだつめたすぎない水が流れており、それを桶《おけ》に汲んで洗う。洗うものはそう多くはない。宵の普段着と、日常で使うこまごましたものだけだ。それらもそう汚れないので、ざっと洗えば済む。

ちらちらとするものが目に入るな、と思っていたら、鈴が蝶々《ちょうちょう》を追いかけていた。水鏡や宵に甘える姿や、赫天に渋々付き合う姿とはまるで違う俊敏《しゅんびん》さで蝶々に飛び掛かるが、白い小さな蝶々はひらひらと逃げてしまう。蝶々を捕まえたところで猫の腹は膨《ふく》れまいから、あれは都の貴人《あてびと》の狩りと同じ遊びなのだろう。遊ぶ鈴の傍で、洗濯をする自分。

環は元気かしら。

ふと、地上のことを思い出した。もう遠い景色。この白く美しい場所にいれば村のことは遠いけれど、環のことだけは鮮《あざ》やかに心に残っている。たった一人の宵の妹。本当なら、ここに来るのは環のはずだった。

妹を思うと、輝くような笑みと、泣き顔が同時に浮かんだ。近くにいたころは、どちらも見るのがつらかった。離れてしばらく経った今、環のどちらの顔も愛おしかった。環が生きているのは、本当によかった。環を湖に投げ落とされたら、と思うと、苦しくてならない。村人もみな、耐えられなかっただろう。みなそこに来たのが環だったら、と考えようとして、それはうまく行かなかった。環はここを好まないような気がする、としか宵には想像ができない。

遊ぶ鈴を横目に、宵は洗濯物をきつく絞《しぼ》った。村にいたころもそうだった。絵札《えふだ》で遊んだり化粧をしたり、誰かと干した果物なんかの菓子をつまみながら話したり、好きに過ごす環の横で、宵はひたすらに家事をしていた。

それがつらかったかと聞かれると、その通りだ。環ばかり、と、本当は、思っていたのだ。口に出すことを許されなくとも、今ならわかる。環ばかり。

環は長く生きられないのに。

その決まりを思い出すと、立場の差がつらいことが、つらかった。結局のところ、自分だって死にたくはなかった。生きていても何も楽しくないのに、自分のほうが神の花嫁に選ばれていたら、とは思えなかった。どれだけ楽しそうにしても環が本当はいつもつらいことがわかっていたし、それをどうにかしたいとは思わなかった。年を経て二人で過ごすことは減っても環はいつも、仁よりさらに宵に優しかったのに、宵はいつもこっそりと環を見捨てていた。決まったことは仕方がないと、環の死を受け入れていたのだった。

醜い。

冷たい手で痣に触れた。誰かに醜いと言われても、その通りだと思っていた。痣が醜いのではなく、宵という娘が醜く、痣はその目に見えるしるしである気がしていた。本当にそうだったのだろうか。ここでは水鏡も、赫天も、もちろん鈴も、宵の痣など気にしてはいない。ただの変わった模様に過ぎないふうに振舞う。本当はその通りなのかもしれない。痣はただ偶然そこにあるだけなのかもしれないし、そもそも醜いわけでもないのかもしれない。宵が悪いからあるわけではない。宵の心の醜い部分と、痣とは関係がないのかもしれない。

洗濯物を干す。いそがなくてもいい。時間の余裕があり、空腹ではなくなり、誰かに殴られる恐れもない状況は、宵の考えを深めさせる。それまで常に急かされ混乱していた頭の中でとぎれとぎれに存在していた思考の断片が、結びついてくる。

蝶がひらひらとこちらに飛び、鈴もこちらにやってくる。眺めながら洗濯物を干す。いそいでもいないが、すぐに終わる。今日は他になんの仕事があるだろう。掃除か。やってきたころに掃除をしていて初めて気づいたのだが、屋敷の部屋の隅にはふわふわと白い、埃《ほこり》というには清潔すぎる細かな綿のようなものが落ちているのだった。宵はそれを掃き清め、拭き掃除をする。そうしている間にだいたい洗濯物は乾いている。みなそこは常に明るいが日が出ているわけでもないのに、洗濯物も乾くのが早いのだ。不思議なほどに。

鈴が助走をつけて蝶に飛び掛かる。ふわふわとした愛らしい姿から、不意に獣の本領を発揮するような鋭さが表れる。ああ、捕まるな、と宵が見ていると、蝶は鈴の口に咥えられていた。ぱたぱたと儚く喘《あえ》ぐように羽ばたいている。

あれ。

宵は鈴の邪魔《じゃま》をしない程度に近寄って、鈴の口元の蝶を見た。

蝶ではなかった。

白いそれは、確かに蝶々のかたちをしているが、本物の虫ではない。白い、紙や布に似ている。つまるところ、出来のいい玩具だ。鈴を楽しませるために、水鏡が用意したのだろうか。みなそこは宵の常識では計れない理で動いている。

「宵」

聞きなれた声。振り返ると赫天がいた。赤く燃えるような髪と瞳。子供の姿をした神。

「鈴もいたのか。遊ぶぞ」

宵は苦笑して答えた。

「ええと……今は洗濯をしているので、少し待ってください」

村にいた頃はこんな物言いをしたこともなかった。言われたことにはすぐ応じるほかなかった。今は違う。そもそも宵に何を望むこともない水鏡も、一見気ままで直情的な赫天も、宵を折檻《せっかん》などしない。

赫天はむっと口を引き結んだ。怒ってはいるが、怖くはない。村にいたときの子供たちは子供とは言え機嫌を損《そこ》ねると平気で宵を叩いたり、大人に言いつけたりしたものだが、赫天はそんなことはしない。ただ怒っているだけだ。

「急ぎますから」

「いい」

赫天が首を振ると、ふわりと風が吹いた。どこかから焦げたような匂いが一瞬漂《ただよ》い、すぐに消えた。火の国ではこんな風が吹くのかもしれないと宵は思った。

干したばかりの洗濯物が翻り、宵の手に触れた。

乾いている。

何が起きたのかわからず戸惑うばかりの宵を尻目に、赫天は小さな手をぱちん、と打ち鳴らした。すると、ここに来た日に見た影たちがふいと寄ってきた。干したばかりの洗濯物が畳まれ、静かにどこかへ運ばれていく。初めから何もなかったかのように。

「終わったぞ！　遊ぶぞ！」

赫天に手を取られる。宵はとっさに呼んだ。

「水鏡様！」

「どうした」

呼ばれて来た、というより、呼ぶ前からそこにいたような当然の佇《たたず》まいで水鏡は応えた。優しく穏やかなこのみなそこの主。漣に似た白い髪。湖の深さの瞳。完璧に美しい神。赫天は水鏡を見るといつもそうだが、つまらなそうに目を逸《そ》らした。

鈴は水鏡の姿に偽物の蝶を放り出した。途端、風にとけるように蝶の残骸《ざんがい》は姿を消した。

水鏡は鈴を大きな手のひらに抱き上げる。

「なんだ？　何か聞きたいことがあるのか」

宵は洗濯場に目をやった。桶も洗濯板もどこかに運ばれていったため、ただ水が流れているばかりだ。どこに繋がっているともわからない水の流れ。

「ここは……私のために作ってくれたのですか」

「まあ、そうだな」

「本当は……必要、ないのですね」

応えたのは水鏡ではなく、赫天だった。

「当たり前だろう。ここは神の棲家だぞ」

水鏡は子供への優しい誤魔化《ごまか》しがばれてしまった親に似た笑いを浮かべた。宵はひどく心細くなり、その微笑みを見つめた。あまりにも美しい宵の夫。全てが思い通りにできる神。

赫天の言うとおりだ。考えてみれば、当たり前だった。水鏡は宵の傷さえたやすく治せたし、汚れも落とせた。宵が掃き清めていたつもりの埃のようなものも、水鏡が作り出したのだ。

自分は蝶の玩具を追いかける鈴と同じなのだ。無為《むい》な遊びとして、家事を与えられていた。

「悪いことをしたか？」

水鏡の問いに、宵は首を振った。

「いいえ……いいえ……違います」

何も悪くない。善意なのはわかっていた。村の人間に対して思う、どこかに疑念の残ったものではなく、水鏡が悪くないのは、湖が美しいのと同じぐらい、純粋な真実だった。

水鏡はただ、宵の望みを叶えただけだ。何がしたいと水鏡は尋ね、宵は家事ができると答えた。

間違っていたのは、宵の答えのほうだ。家事は、したいことではなかった。ただ知りたくて聞かれたのであれば、ただそのままを答えるべきだった。自分がしたいこと。

「私は……家の仕事ならできると思って……でも、必要ではないのなら……」

そこから先が出てこない。どうすればいいのだろう。

「俺と遊べばいいだろう。好きなことをすればいい。何が好きだ。木登りのほかに」

赫天が言う。黙っている宵に、赫天は大人びたため息をつく。

「お前、自分が何が好きかもわからないのか」

宵は情けなく頷いた。何が好きかもわからない。好き、が何かもわからない。

「では、探してみるか」

ふと水鏡が言い、宵は顔を上げた。水の色の瞳がやさしく揺らぎ、宵を見つめていた。

にゃあ、と鈴が鳴く。

「私たちと、何がしたいのか、試してみるか。お前は私が思っていたよりもずっと、自分のことも知らぬようだ」

うむ、と赫天が大きく頷いた。

「そうだな。俺も手伝ってやってもいい。宵のことは気に入っているからな」

得意気に言う赫天を見て、水鏡は微笑んでいる。鈴はその腕でくつろいでいる。ここで宵は受け入れられているのだ。

その瞬間、宵は新しく自分を知った。自分のしたいことを。なんの疑いもなく、ただ真っ直ぐ突き刺さるように、その欲望は湧《わ》いた。

私は、この人たちと、一緒にいたい。


「できたぞ！」

米を洗った赫天が高らかに報告する。

「はい。ありがとうございます」

「なかなかのものだろう」

「はい。上手です」

宵が心から言うと、赫天はそうだろう、と誇らしげに小さな胸を張った。

必要ないと知ってから他の家事はしていないが、料理だけはしている。水鏡と赫天が宵の料理を望んだからだ。しかし宵が料理に手を取られていると退屈なのか、赫天が手伝うと言い出した。とりあえず簡単なことを言いつけてみると、案外赫天は要領《ようりょう》がよかった。呑みこみが早く、手先も器用だし、何より素直で熱心だ。宵の言ったことを真面目に実行する小さな神を見ていると、宵は奇妙な心持だった。

幼い宵が料理を覚えるとき、初めからしくじらないように必死だった。しくじりの中に宵の怪我は含まれていないので、宵の手はいつも切り傷と火傷《やけど》だらけだった。普通は熱い鍋にそのまま触れないということも知らなかったのだ。忘れていた。

赫天は宵の言うことをよく聞き、何より楽しそうにしている。何かができるたびに喜び、褒《ほ》めてもらおうとする。その素直さが、宵には眩《まぶ》しい。こうありたかったという羨望《せんぼう》とともに、赫天を褒めて喜ばれると、自分の中のどこかが癒えていくようにも感じるのだった。切り傷と火傷だらけのちいさな手で、誰にも褒められず、怯えながら料理を覚えていた幼い宵も、きっとこうされたかったのだ。

米を炊く間に野菜を切る。汁の味付けを赫天に任せてみようと思っていると、赫天が宵の手元をじっと見つめていた。

「なんでしょう」

「お前も上手だぞ」

「え」

「俺に教えるだけのことはある」

澄ました顔で赫天が言う。宵はどんな顔をしていいのかわからず、とりあえず笑ってみせた。赫天が笑い返してくれたので、間違ってはいなかったのだろうと思う。

食事の用意が整うまで、二人はずっと笑っていた。

普段、赫天と水鏡は別々に食事をする。その理由を宵は聞いていないが、双方に何か思うところがあるのだろう。しかし赫天が手伝ってくれたこのときは、鈴も含めてみなそこにいる皆で食事をすることになった。

「今日は握り飯か」

「俺が握ったぞ」

「なるほど」

道理で不格好だ、と水鏡は言葉にすることはなかったが、含みのある笑みでそう思っていることは伝わる。慣れない上に手が小さいので宵が握るのに比べて形が不揃《ふぞろ》いだが、初めてのわりにはちゃんと握れている、と宵は思っている。

「味はいいぞ！　それに、他も色々手伝った」

「いただこう」

「ふん」

赫天は腕を組んでふんぞり返りながらも、上品に握り飯を口に運ぶ水鏡の姿をじいっと見つめている。

「うん。なかなかうまい」

ぱっと赫天の顔が無邪気に輝いた。宵は眩しさに目を細め、それからつい微笑んでしまった。

「そうだろうそうだろう」

「なかなかいい腕をしている」

「おいしいです」

赫天の横で握り飯を食べていた宵が言うと、赫天は胸を張り、嬉しさが抑えきれない様子で小さく横に揺れている。

「鈴はどうだ。うまいか？」

水鏡の横でいつものようにほぐした魚の身を食べている鈴は、赫天をちらりと見るとそのまま食べ続けた。

「そうかそうか。うまいか。うん」

そして自分の膳に手を付けて、いつもよりも一口一口慎重に食べている。

「おいしいですね」

宵が言うと、頬に米粒をつけたままうんうんと頷く。

「宵」

笑みを含んだ声で水鏡に呼ばれ、宵はそちらを向いた。

「こんな賑《にぎ》やかなことは久しくなかった。お前のおかげだ」

賑やか、という言葉と自分の存在が結びつかず、宵はぽかんとした。

「宵がいなかったら水鏡と話すことなんかないからな。水鏡、宵に感謝しろ」

握り飯を平らげた赫天が言い、水鏡は余裕のある笑みを見せた。

「言ってくれる。感謝はしてるさ。お前と違って」

「俺だっていつも感謝はしてる。宵がいないとここはつまらん」

にい、と、皿を舐めていた鈴が鳴き、赫天が慌てて弁明《べんめい》する。

「あ、鈴、お前といると楽しいぞ。でもお前、宵と違ってそんなに一緒に遊んでくれないだろ」

「鈴も宵に感謝しているのさ。なあ」

にに、と、水鏡に応えるように鈴が鳴く。

宵はあまりのことに何も言えず、ただ口を結んで小さく頭を下げた。

「宵の作るものはどれも美味だが、宵が好きなものはなんだ」

水鏡が尋ね、宵は戸惑った。好きなもの。

「甘いものはどうだ。若い娘は菓子が好きなものだ」

何も思い浮かばない宵に赫天が言う。宵は困り顔で首を傾げた。菓子が口に入ると嬉しかったが、菓子のことを何も知らない。料理ならなんでも作らされたものだが、宵の村には砂糖などは滅多に入らず、菓子を作る機会はさすがになかった。

「果物はどうだ。今の時期なら柿だな」

めげずに提案してくる赫天に宵は微笑んだ。柿は馴染《なじ》みのある果物だった。宵の村でもよく獲《と》れた。

「ええ。柿は、好きです」

「そうか！」

赫天は高く声を上げ、水鏡を見遣《みや》った。

「聞いたか水鏡。柿だぞ。柿」

「もちろん。妻のことだからな」

余裕を持って微笑む水鏡に、赫天はむっと口を尖らせた。にに、と鈴が鳴き、宵はその光景に、知らずに微笑みを浮かべていた。


宵がその日厨に行くと、柿が山になっていた。茜《あかね》色に熟したつやつやとした実。村にいた頃、神に捧げていた一番いい果実。それが、こんもりと積み重ねてある。村中に配れる量だと宵は思った。

「これは……？」

「水鏡のやつがお前によこした柿だ」

宵とともに厨にやってきた赫天が言う。

「あら……まあ……」

「人間の娘はこんなに食えないだろ。水鏡はお前を熊だとでも思っているのかもしれん」

そのもの言いに宵はつい笑ってしまった。熊。実際、水鏡にとってはそう差はないのかもしれない。沈んだのが熊でも水鏡は妻として優しく遇《ぐう》したかもしれない。美しい水の神と熊は案外よい夫婦になるかもしれない。

「ここでは何も腐らないからいいけれど。鈴は食べる?」

前足を舐めていた鈴がにゃあ、と鳴いたので、宵は喉元を撫でてやった。鈴は気持ちよさそうにしている。もともと懐っこい猫だが、この頃宵のことも好いている様子を見せる。それを実感するたび、宵は自分でも驚くほど嬉しい。可愛い可愛い鈴。いくら可愛がってもいいし、好いてくれるのだ。

「剥《む》いてあげるからちょっと待っててね。赫天様も柿、食べますか」

「ああ!」

目を輝かす赫天に微笑みかけ、よく熟した柿の実を手に取り、いくつか剥いた。ずっしりと重たく、包丁を入れるとしっとりと甘い香りが漂う。

宵は果物を剥くのが昔から好きだった。果実には美しい色と香り、そして包丁を入れると独特の清々《すがすが》しい感触がある。料理するためではなくそれ一つで完結した自然の実り。それを手で感じるのが、村の宵の暮らしにある、ささやかな楽しみだった。皮を、実を綺麗なかたちにするため、という言い訳で少し厚めに剥いた。

柿は多かったので、ずいぶんたくさん剥いた。赫天は宵の手際をじっと眺めていた。ともに料理をするようになってから、赫天は宵が作業をする様を見ることも増えた。見て覚えるためもあるだろうが、単純に見ていて面白いらしい。宵はやりにくいとも思うが、赫天の見入っている様子に、これまで覚えたことのない感情が湧き、それがなんだか心地よくもあった。種を取り、実を小さく切って小皿に盛ると、赫天に渡す。

「まず鈴にあげてくださいな」

「おう。食べろ。鈴」

だが鈴は桃色の鼻を甘く濡れた果肉に近づけただけで、口をつけない。気のない子猫の様子に二人で笑った。

「食べないの？　私が食べちゃうわよ」

「甘えているんだよ」

水鏡が来ていた。宵はぱっと顔を赤くした。水鏡が来たことに恥じらったわけではなく、意地汚いことを聞かれたのを恥じたのだった。水鏡はしゃがむと柿を手に取り、鈴の口元に近づけた。鈴は待っていたとばかりに小さな口を大きく開いて柿を食べる。

「そんなに柿が好きだったのか」

鈴はぺろぺろと水鏡の指を舐める。足りないとでも言いたげだ。それを見る水鏡は蕩《とろ》けるように甘い。鈴をとられた赫天が口をとがらせるのをちらりと見やって、宵に言う。

「私も少しもらおうか。向こうで皆で食べよう。鈴の分ももう少し切っておくれ」

「はい」

まず鈴のために小さめに実を切って、小皿に多めに盛る。待ち構えていたかのようにさっと赫天がそれを奪った。

「行くぞ鈴」

いそいそと鈴の分の皿を持って行く赫天を水鏡と見送ると、赫天の分と水鏡の分を皿にこんもりと盛りつけた。これだけあれば少しは余るだろう。

水鏡が不審そうに首を傾げた。

「足りませんか？」

またしは、神に供するものとしては無作法だったろうかと不安になる。村でも宵はきちんとした作法や振舞いを教えられることがなかったので、常に不安とともに生きてきた。これまで怒られなかったからと言って、次怒られないとは限らない。ただ、村での不安が相手を怒らせ害されることへの不安だったのに対し、今感じるものは呆れられることへの不安だった。水鏡に害されることはないとわかっていても、呆れられたくない。

水鏡は首を振った。

「二つしかないが」

「水鏡様と、赫天様の分です」

「お前の分は？」

宵は厚かましくも分厚く剥いた柿の皮が水鏡の目に留まるのを恐れた。

「私は……皮を、食べるので」

あと、皆さんの食べ残しを、とまでは、口に出せなかった。村ではいつもそうしていた。どれだけ柿が多く取れても、それは宵の分にはならなかった。

水鏡が聞く。

「お前は皮が好きなのか？」

そういうわけではない。水鏡はひょいと剥いてある皮をつまみ、口にいれた。白い眉を寄せる。

「実のほうがうまいと思うが」

それはそうだろう。

そこで、なぜ皮や、食べ残ししか食べられないと思っていたのか、宵は自分でもわからなくなった。村ではいつもそうだったから。でもここでは違う。柿の山は、水鏡が宵のためによこしたものなのに。しみついた習慣が、宵からそんな事実も見えなくさせる。当たり前のこともわからぬよう歪められたこの身。

「宵」

水鏡に呼ばれ、宵は恥じ入りながら顔を上げた。水鏡は困ったような顔をしていた。

「私はお前を奇特《きとく》な娘だと思っていたんだ。わざわざこんな湖の底にやってくるのだから」

自分からすすんでやってきたわけではない。水鏡たちに出会えたこと、みなそこへやってきたことは望外《ぼうがい》の幸福としか言いようがないが、その経緯については思い出したくもない。あの満月の夜。

顔色を変えた宵に、水鏡は静かに問う。

「お前は村で、虐げられていたのか？」

「違います！」

宵はとっさに言い、混乱した。

虐げられていたのか？

唇がつめたくなる。ずっと、村にいたころからずっと、靄のような疑問を持っていた。形にしたことはなかった。どれだけ感謝しろと村の人間から言われても、靄は消えなかった。環とはもちろん、他の娘たちとも、他の誰とも違いすぎる扱い。宵と一緒にされるのを、村の誰もが嫌がった。人を叩いてはいけないと子供たちに教える大人たちはその手で宵の頬を張った。子供たちが宵を面白がって叩いても、大人たちが咎めることもなかった。宵がそうさせる、宵が悪い、と。なぜ私だけ、と、聞いてはいけなかった。なぜ、と、思うのが苦しかった。不当な目に遭っていると思ってしまったら、これまでの全ての生活が汚れてしまう。自分一人が悪いと思っている方がましだった。

「私は……私は……よくしてもらっていました。ただ……」

言葉が詰まる。何を言っていいのかわからない。反論したい。でも言うべきことが何もない。虐げられていたのか？　違う。理由はない。違うと思いたい、それだけ。

水鏡は顔色を失った宵の頭を撫でた。水の如《ごと》く静かに冴えた瞳には、宵が映っていた。怯えて震え、自らの境遇《きょうぐう》を認めることができない、憐《あわ》れな娘が。

「いや、いい。向こうで一緒に柿を食おう」

優しく言うと、水鏡はもう一枚皿を出すと二つの柿の山を三つに分けた。菓子楊枝《ようじ》をもう一つ添えて、柿を載せた盆を運ぶ。

宵は白い顔で、そのあとを追った。

「こうか？」

と尋ねる水鏡の手は、ひどく不安定なかたちで包丁を握っている。そのまま芋《いも》の皮を剥けば、手を切るだろう。宵は微笑んで、

「こうです」

と手本を示した。水鏡は難しい顔で宵の手と自分の手を見比べる。宵は包丁と芋を置いて、水鏡の手に自分の手を添えて、正しいかたちに直した。水鏡の手は温かくもつめたくもない。優しい水の温度だ。

「難しいな」

水鏡は笑う。

「すぐにできるようになりますよ」

「期待しよう」

「俺はできるぞ」

米を炊いている赫天が口を挟《はさ》む。今日は水鏡まで加わって、三人で料理をしている。

「どうも、ここでは完全にお前に後れを取るようだ」

謙虚《けんきょ》に認める水鏡に、赫天はにやりと笑った。

謙遜《けんそん》ではなく、実際水鏡よりも赫天のほうが料理の才能があるように、宵も思う。水鏡は素直で宵の言うこともよく聞いてくれるのだが、正直どうにも不器用だった。なんでも一度言えばすっと呑みこみ、すぐに応用まで出来るようになる赫天と違い、一つ一つ、しかも繰り返し同じようなことを言わないといけない。白く美しく光る爪をした、滑らかな美しい手は包丁を握るためのものではきっとない。

「お前には俺が教えてやろう。宵、少し休んでいろ」

「はい」

自分が水鏡に何か教えることが嬉しいようで、はしゃいだ様子で赫天が割り込む。宵は赫天には芋の剥き方自体は教えたことがないが、やってみてすぐにコツをつかんだようだった。

「こうすればいい。わかるか?」

「なるほど。器用だな」

「ふん。お前がへたくそなんだ」

「確かにな」

小さな赫天とすらりと背が高い水鏡は友人のようにも見えず、親子や師弟《してい》と見るにも奇妙だった。しかし宵がみなそこに来たころにはなかった隔てのない和やかさが確かに存在している。いつの間にか傍にいた鈴を宵は抱き上げる。軽やかな白い身体は宵の手にしっくりと馴染んでいる。

「これでどうだ。なかなかじゃないか」

水鏡が振り向いて、歪《いびつ》に剥かれた芋を見せる。

「ここに皮が残っている」

「む」

赫天に指摘されてもう一度包丁を入れ、じっと検分してからまた宵に見せる。

「どうだ」

宵は微笑んだ。

「お上手です。水鏡様も、赫天様の教え方も」

「宵はよくわかっているな!」

跳ねるような勢いの赫天に、つい宵が噴き出した。にに、と、その手の中で鈴が鳴く。

「寝ているな」

「あら」

三人で作った食事を終えると、赫天が座ったままこっくりこっくり船をこいでいた。宵は初めて見る姿だった。赫天と水鏡、二人の神に眠りが必要なことさえ宵は初めて知った。宵自身、みなそこに来てからほとんど眠ることがない。

「はしゃぎすぎだな」

水鏡が手を小さく叩いて影を呼び、空の膳を下げさせた。赫天を抱き上げる。鈴を抱いたままの宵がついていくと、衝立の向こうに寝間が現れる。真っ白い柔らかな布団に赫天を寝かせ、水鏡が布団をかけてやる。その手つきがやはり不器用で、しかし優しくて、宵は胸の奥に何かが詰まったような気分になった。赫天の乱れた赤い前髪を、水鏡が指先でちょいちょいと直してやり、そのついでのように、丸い頬を軽くつついた。起きているときなら確実にそんなことは許さなかっただろうが、赫天はすうすうと愛らしくも健《すこ》やかな寝息を立てている。

「まるで子供だ」

赤く強い光のある瞳が隠れると、普段よりもさらに幼く見える。額も頬も丸く滑らかで、愛くるしいが、やはり信じがたいほど美しい。

「赫天様は、子供ではないのですか？」

「うむ。まあ、正確には、違うな」

赫天の枕元で、水鏡と宵は並んで座っている。宵の膝からするりと鈴が逃れ、赫天の首元で丸くなった。ぱしぱし、と尻尾が顎をくすぐり、赫天が小さく唸《うな》る。むにむにと口元が蠢《うごめ》き、また静かになる。

その様子を見守っていた水鏡と宵は視線を合わせて、同時に微笑んだ。水鏡の細めた水色の瞳に、自分の姿が映っている。何か気まずくて、宵はすぐに俯いた。

「この子らは寝かせておいてやろう」

「はい。私は洗い物を……」

宵は言いかけて、必要がないことを思い出した。

「まだしたいことは見つからないか」

「すみませ、」

「謝らずともよい。おいで」

赫天の前髪をもう一度そっとひと撫でると、水鏡は立ち上がった。宵はその後ろをついていく。すぐに別の部屋にたどり着いた。丸い大きな鏡のようなものと、何か白いものが置いてある。

「ここは……？」

「私の部屋だ。これは私の鏡」

鏡のようなものは、やはり鏡だったらしい。しかしその鏡はこの部屋を映しているのではなく、何か青く輝きゆらめくものを映している。何かの水面のような。神の鏡。

「若い娘は何が好きかを考えてみたのだが、楽はどうだろう」

水鏡が示す白いものに、宵は首を傾げた。

「これは……なんですか？」

「琴《こと》を知らぬのか？」

頷いた。宵はそれを見たことがなかった。村にもこんなものはなかった。

「鏡を見てみろ」

宵が鏡に目をやると、ゆらめいていた水面から、何か別のものが映った。

色とりどりの美しい衣を着た女性が、白くはないが琴と呼ばれたものと同じものに張られた糸を弾《はじ》いている。周りには笛を吹いている女性もいる。音はしないが、宵は琴が楽器であるらしいことをなんとなく理解した。まるでそこにいるかのようにくっきりと、生き生きと映っている。宵はつい顔を寄せた。

「これは……？」

「私の、というより、神の力だな。この鏡があれば神の棲家にいても人の世を映すことができる。そうして民や国の様子を見ているのだよ。神の仕事だ」

「なるほど……」

「ここしばらくは国が落ち着いているので、暇つぶしに使うことのほうが多いのだがな。これは都の姫たちだな」

鏡の女性たちを見習い、水鏡は白い琴の前に座ると白い指で弦を弾いた。高く澄んだ音が鳴る。それが旋律《せんりつ》となるのを宵は期待したが、水鏡は宵を見て笑い、手を止めた。

「これしかできない」

弾けないのですか、と、一流の奏者のような佇まいの水鏡に問いたくなる。

「琴の音は美しいものなのだがな」

「そうなのですね」

宵は音楽をほとんど知らなかった。村では簡単な笛を吹くものはいたが、琴はなかった。野良仕事をする村人たちはこんなに繊細な楽器を好まない。ほんの時折村にやってくる芸人たちが弦を使う楽器を使っていた気もするが、宵はその音楽を楽しむことは許されていなかった。

「琴を知らぬか。村人たちが楽しむ間、宵は忙しく立ち働いていた。何か別のものを用意しよう」

「いいえ」

宵は首を振った。

「これが、気に入りました」

本当にそうなのかわからぬまま口にした。

「そうか。弾いてみるか？」

宵は水鏡の隣に座り、おっかなびっくり弦を弾いた。弱々しい、しかし美しい音が響き、宵は呆然とした。自分から生まれた美しいもの。

「筋がいいのではないか？」

水鏡が言い、宵は困り笑いで首を傾げた。しかし、案外そうかもしれない、と考えてしまった。この美しい音。すぐに消えてしまう、もう二度と出会えないかもしれないものを、もっと美しく、確かなものに、したい。

「琴、弾けるようになりたいです」

望みを口にすると、傲慢なように聞こえて、恥じ入った。だが水鏡はごく自然なことのように頷いた。

「では、やってみるか」

宵は一人で書庫にいた。書庫には短い階を上って行く。広大で、棚には絵物語から歴史書、農業などの実用書など、あらゆるものが収められていた。水鏡が説明してくれたところによると、地上で記された本は一度神に収める決めごとがあり、そうすると国を問わずあらゆる神の書庫に本が届く仕組みだそうだ。

「書物は人の営みそのものだからな」

とそのときに水鏡は言ったが、宵にはよくわからなかった。わからなかったが、何か重要なことを言われたのだとは感じた。

書庫には琴について記されたものがないか探しに来てみたのだったが、自分でも意外なことに、宵は書庫が気に入った。宵は村では作物の管理の仕事も任されていたので、簡単な読み書きができる。しかし楽しむために何かを読む、というのは考えたこともなかった。村にも読書を趣味とするものはいなかった。娯楽《ごらく》のための物語は高価なもので、村にまでやってくることはなく、村で唯一こういうものを所有することを許される立場である環は書物にはほとんど関心がなかった。しかし、宵は物語を読むことを知ると、没頭した。

宵が読んでいるのは単純な、おそらく都の裕福な子供たちが読むようなものだ。幼いころ、同じような話を環が母や父に語ってもらっていたのを漏れ聞いたことがある。聞いているのを知られたら叱責《しっせき》されたので、最後まで読んで初めて全容を知った。どれもとても面白い。書庫に座り込み、いくつもの物語を読んだ。書庫は無音で、誰もおらず、書物は宵が求めればいくらでも物語を見せてくれた。低い声で物語を読む。

「ここにいたのか。宵」

赫天だった。宵ははっと顔を上げた。書物を閉じようとすると、赫天は、

「いい」

　と止めた。

「それより何を読んでいた」

　宵は絵物語を見せた。今読んでいたのは、泉を舞台にした病気の父に仕える孝行娘の物語だ。宵が幼い頃に漏れ聞いたこともあるので、有名な話なのだろう。

「うん？　俺の知らない話だな」

「そうですか」

「火の国の話ではないな。読んでみろ」

　読み書きができる、と言っても正式に習ったものではない。自分が楽しむために読むならともかく、声に出して誰かに物語を読み聞かせる自信は宵にはなかった。だが自信がないからという理由で言いつけられたことを「できない」と断る発想が宵にはなかったので、宵は最初から読みだした。

　赫天は静かに聞き入り、宵も訥々《とつとつ》とした自分の声で紡《つむ》がれる物語に没頭した。

「おしまい、です」

　読み終えると、ふん、と赫天は口をとがらせて頷いた。

「これはこの国の話だな。聞いてみると俺の国にも似たような話はあった」

「そうなのですか？」

「泉ではなく火山が舞台だがな。魚ではなく火で出来た鳥が出てくる」

それはまったく違う話ではないかと宵は思ったが赫天がかいつまんで説明してくれたところだと、確かに似たような話だった。不幸な孝行娘が奇妙な動物によって幸運になる物語。

「俺はあまり好まないがな。耐えていることを美徳とするのは性に合わん」

宵はそれにはなんとも言えなかった。赫天の意見に反対というわけでもなく、ただ物語から教訓を読み取り、好きか嫌いか判断するという発想自体に初めて出会ったからだった。

「人は自分の望むことをやるべきだ」

続けた赫天の言葉にも、なんとも言えなかった。しかし、それを言った赫天が強く印象に残った。神様だ、と、宵は思った。人間ではない美しすぎる造作だけではなく、その言葉に含まれる熱の量。自分とは違う場所に立つ存在。

「それはお前の考えに過ぎないよ」

声がした。振り返ると、水鏡が立っていた。白い長い揺れる髪。碧い瞳。赫天とは違う神。

「望み過ぎるのもまた人には毒だ。そのためにお前は力を失ったのだろう」

水鏡の声には常にない冷たさがあった。宵と目を合わせると、目元が柔らかく緩み、優しい温度が戻る。しかしその冷たさは確かに水鏡のどこかにある。赫天が持つ熱に似た、神だけが持つ莫大な力。

「私は人の度が過ぎた望みを好まない」

優しく微笑んだまま、諭《さと》すように水鏡は言った。ふん、と赫天はつまらなそうに唇を尖らせて宵の膝に縋《すが》る。

「宵、こんなやつは放っておいて違う話を読め」

「ああ、はい」

近くにあった別の物語を取り出して読む。水鏡も横に腰かけて、宵の話を聞いていた。

物語を読む宵の声は低く小さい。いつの間にか、赫天は宵の膝の上で寝入っていた。

「よく寝るな」

水鏡が呟いた。

「退屈だったでしょうか」

「いや、そういうわけではあるまいよ。ふむ」

水鏡は顎に手を当てて考え込んでいる。

「火の国でのこと、どの程度知っている。どうせこやつは自分からは話していないだろう」

その通りだった。宵も気にはなっていたが、赫天が自ら語らないことを尋ねようとは思わなかった。

「ええと……噴火があって、大変なことになったことぐらいなら」

「うむ。そもそも私たちは母上からそれぞれの地と民を託されている。民と私たち神の力と地はすべて繋がっている。人心が乱れると、国土が乱れる。そうなると神にも影響がある。こやつは人が好きで、頼られるのも好きでな。自分の民を甘やかしすぎた。望みをすべて叶えてやろうとした」

「ああ……」

宵には隣国のことも神のことも何もわからない。だが、赫天のことは少しだけわかる。いかにも赫天ならありそうな話だった。この神は民の望みを愛し、叶えてやろうとするだろう。

「民は分別を失い、国は荒れ果て、王は斃《たお》れた。こやつも力を失い、私の元へと預けられた」

大きな話で、宵は完全に理解したとは言い難《がた》いが、水鏡は続けた。

「神は眠りなどほとんど必要ではないが、今のこやつは不安定でな、はしゃぐとすぐに眠ってしまう。子供と同じだな」

「はあ……」

わかったようなわからぬような話だ。水鏡が赫天をひょいと抱き上げて、書庫から出ると、またどこからか現れた鈴がついてきた。鈴はどうも書庫が得意ではないらしい。

布団が敷かれた部屋につくと、水鏡は赫天を寝かせてやった。またその横に鈴が丸まった。白い背と微かに見える桃色の腹が穏やかに上下する。

「仲良しですね」

「起きていると何しろ構い過ぎるので鬱陶《うっとう》しいんだろうが、寝ているとほどがいいのだろうな。鈴はここで随分《ずいぶん》長く過ごしているが、今にしてみると私とだけではこの子も退屈だったのだろう。ずいぶんはしゃぐようになった」

「そうなんですね」

微笑んで言うと、くすりと水鏡は笑った。

「何をひとごとのように言っている。鈴も赫天も、お前が来てからはしゃぐようになったのだぞ」

「え」

「そしてお前も随分笑うようになった。初めはいじめられて怯え切った子猫のようだったが」

そんなふうに見えていたなんて。そして、ここに来たときと今の自分が確かに違っていることは、宵自身もわかっていた。

「ここにはお前を虐げるものはいないよ」

宵はこっくり頷いた。

「村ではつらかったな、宵」

宵はまた、こっくりと頷いた。虐げられていて、つらかった。そこから離れたら、認めざるを得ない。

「あ……」

水鏡は手を伸ばし、宵の髪を撫でた。水鏡の口元は穏やかだが、見たことのない笑みが浮かんでいる。ほんのわずかな悲しみを混ぜ込んだような、不思議な笑み。ここに来たときにもらってからいつもつけている髪飾りがしゃらしゃらと音を立てる。

「ここがお前にとっても心地よい場所なら、私も嬉しい」

宵はただ頷いた。心地よい場所。眠っている赫天と鈴、微笑んでいる水鏡。そして自分。なんてことのない情景かもしれないが、ただ心地よいというものを超えたものがあった。ここに自分がいるのがいまだに奇妙で、だが自然にも感じる。

何を言っていいのかわからず黙り込む宵に水鏡が言った。

「私はもっとお前を大切にしないとな。お前は得難い娘だから」

「もう、大切にしてくれています」

もっと、なんて想像もつかない宵に、水鏡は言う。

「まだまだ足りない」

それから、宵と水鏡の二人の時間が増えた。鏡のある部屋で語らったり、琴を前に試行《しこう》錯誤《さくご》をした。

触っているとどうにもうまく弾きたい気持ちが盛り上がり、宵は書庫で見つけた琴の教本を読んだ。水鏡は鏡で琴の奏者を映した。読んで、見て、二人でどうにか弾いてみようとする。琴の部位の名称や曲の名前や演奏すべき場面や逸話《いつわ》などには詳《くわ》しくなった。宵は昔、琴の名手と讃えられた王妃が演奏すると、音のひとつひとつが宝石となったという話がたいそう気に入った。水鏡にもらった石の髪飾りは、ときどき涼やかな音を立てる。美しい演奏はこんな音だろうか。

しかし、見るだけでも教本を読んでも、やはり琴の弾き方はよくわからない。二人でたどたどしく、琴の弦を弄《もてあそ》んでいる。たまに、うまく音が繋がり、曲のかけらのようなものが現れる。宵は知らずに微笑んでいた。

「楽しそうだな」

水鏡に言われ、宵はぱちりと瞬いた。羞恥に頬を赤らめ、つい否定したくなったが、堪える。

「楽しい……です」

それから付け加えた。

「ありがとうございます」

「うん。私も楽しい」

宵の顔が笑みに崩れた。その変化に宵は自分で驚いた。楽しむことに慣れてきている。

「もしかしたら、こうか？」

遊びのようにつま弾くなかで、ふと水鏡が何かに気づいて、手を動かす。ゆっくりと、音が繋がり曲になる。宵はじっと水鏡のうつくしい爪がひらめき、張り詰めた弦から高い音が滴のように零れるのを見つめていた。

「おっと」

水鏡の手が止まる。

「あ……」

白い指先から、血が出ていた。弦で小さな傷がついている。

「ふん。怪我とはこんなものだったか。忘れていたな」

「大丈夫ですか？」

白い水鏡に、血のほんの小さな雫は不吉なほど鮮やかで赤い。おののく宵に水鏡は微笑んだ。

「小さな傷だ。これも一興だよ」

宵は水鏡の手を取る。なぜか不意に、できる、と思った。この方から痛みを取り去りたい。傷を見つめ、癒える姿を思い描く。

すると、その通りになった。

「ほお」

水鏡は笑い、指先に自分で触れて確かめる。

「うまく出来ている。ありがとう」

「……よかった」

礼を言われるのは、とても嬉しい。宵は微笑む。ふと気づいて、琴を見る。

「もしかして」

「うん？」

「これも、その……力で弾かせることが出来るのでは」

「できる」

あっさりと水鏡は頷き、宵は首を傾げた。なぜそうしないのか理解できない様子の妻を見て、水鏡は言う。

「お前には、私自身が弾いた音を聴いてほしかったんだ」

宵は首を傾げた。

「下手なりに工夫するのも、お前となら悪くない。料理も、琴も。お前と何かをするのが、私は好きだ」

水鏡の言うことは、宵には少し飲みこみにくかった。

「……はい」

それでも頷いた。そうしたかった。

「うん」

「私も、好きです」

「そうか」

水鏡は治ったばかりの指で、弦をいくつか弾いた。不揃いの、いささか不格好な音が鳴る。自分のための音だ。宵は思う。

この音を、石に出来たらいいのに。どんな石ころでも、ずっと、ずっと、大切にする。

口をつぐんで真剣に琴を見つめる妻に、水鏡は張り切って、不器用に琴を弾いた。指が疲れると、宵に代わる。宵が弾けば、水鏡も真剣に見つめる。

みなそこで、夫婦の時はそのように和やかに過ぎていった。

琴を弾く宵の後ろで、神の鏡が映す水面が大きく揺れた。宵はまるで知らずに琴に夢中になっていた。

水鏡は気付いたが、その白い眉を小さく動かしたあとは、気に留めることもなかった。

4、罪

環が生きている、とわかったあと、村は何日か、奇妙な興奮状態にあった。誰もが笑い、歌い、酒を飲んだ。楽しくてたまらないと誰かが言い、その通りだと誰かが答えて笑い合った。まともな話はしなかった。できなかったのだ。

環は生きていた。神に捧げられるはずだったのに。村の人々は神に忠実だ。約束したものを与えないなんてことは許されない。それなのに、環は生きていた。

そして、異変はもうひとつあった。誰も口にしなかったが、誰もが気づいていた。

宵がいなくなっていた。

痣のある、陰気な娘。環を神に捧げなくてはいけないのは、宵があんな顔だからだ。村ではそう扱われていた。本当はそうではないことは誰もが知っていたが、どれだけそう責めても宵は反論しないので、そうだと思い込むことができた。

環が生きていて、宵がいない。仁はそれでいいと言う。

何が起こったのか、はっきりと口にすることを誰もが恐れた。環を、若い娘を、自分た

ち の村の繁栄のために、犠牲にする。環が愛らしくなればなるほど、その運命の悲しみと、それを受け入れた村の罪は濃くなった。宵はその罪を一身に引き受ける、別の生贄《いけにえ》だった。双子はそれぞれ違うものに捧げられた生贄だったのだ。環は神へ、宵は村人へ。そうすることで平穏が保たれていた。

だがもう宵はいないのだ。

そして、決して帰ってこないだろうとみな思っていた。それまでは誰もそんなことを想像したことはなかった。宵はいつまでも村にいて、村の生贄であるはずだと。永遠に村の罪を背負って生き続けるはずだと。だが、もういない。

不吉な予感を消化できないまま、村は少しずつ日常に戻っていった。宴の始末をしながら、おい、と誰かが呼び掛けた。なんでこんなに散らかったままにするのだと続けようとした。答えるものはなかった。みながそこにいない宵のことを思いだし、黙りこんだ。宵がいれば誰かが気づく前に片付けていただろう。

数日手入れが疎《おろそ》かになった畑はやや荒れていた。村人たちは怒りを覚えた。するべき仕事を怠《なま》けたやつがいる。苛立ちをぶつけて早く仕事をやらせようとして、その相手がもういないことに気づいた。ちょっとした突発的な仕事は、いつでも宵が、何も言わずに引き受けていたのだ。そのことになんとも言えない居心地の悪さを覚えながら、仕事をした。

村は重苦しい沈黙に包まれていった。心に抱えているものがあるのに、表に出すことができない。仕事は前よりも増え、そのことが余計に苛立ちを加速させる。ぶつける相手はもういない。

何人かの若い男たちは、特にひどかった。

あの日、宵を湖に放り込んだ男たちだった。初めこそ善行をしたのだと自分に言い聞かせていたが、宵の不在とその不便に苛立つ村を見ると、どうしようもない気分になった。酒でしかごまかせない。あの日の男たちで集まって語りたかったが、そうすることで自分たちがしてしまったことと向き合うことも恐ろしかった。ただ酒におぼれていった。

一人の男が、夜、湖に向かった。月のない夜だった。湖は変わらず静かで、湖面は星を映して白く揺らめいていた。

あの満月の夜。

ここに宵を沈めた。乱暴につかんだ宵の細い細い腕がもがき、それから力を抜いた感触が、まだ手に残っていた。命を諦めた瞬間。

あの日まで、彼女はいつも逆らわなかった。きつい仕事を押し付けられても、罵倒されても、殴られても、誰に対しても悲し気な顔をするだけだった。その宵が、あのときだけ取り乱して暴れていた。娘らしくないごつごつした、だが細い指が男の頬をえぐったが、過酷《かこく》な労働ですり切れた指は何一つ傷つけることができなかった。

それから、抵抗をやめた体の頼りない感触。諦めきった黒い瞳。そして、水音。沈黙。

そのすべてが、こびりついて離れない。酒を飲んでも無意味だった。口に運ぶ一瞬だけ忘れても、飲んでしまったことで忘れたいことが鮮明になる。いいことをした。そう思いたい。できるわけがない。

宵が、憐れだった。どれだけ頭で理屈を組み立てても、宵の記憶が、まだ残る感触が、それを裏切った。あれだけ小さく弱い娘を虐げて、殺した。

湖は変わらず静かだ。宵を吸い込んだ闇が、足元に黒々と広がっている。男はそこを覗き込む。

「宵……」

呼びかける。宵が生きている間は、一度も呼んだことのない名前だった。男は宵が、本当は嫌いではなかった。黙ってこまごまと俯いて働く宵。村で祝い事のあるときにつまむ宵の作る飯はうまかったし、宵の仕事はいつも丁寧だった。痣も若い娘の顔にあるから目立ちはするが、本当はそう珍しいものでもないのだ。見慣れているし、本当は醜いとも思わなかった。顔立ちだって環の双子の姉なのだから悪くはない。環が神の花嫁になったら、宵はどうするのだろう、と思ったことがあった。環のいないあの家で、両親は余計に宵にあたるだろう。仕方のないことだ。環は愛らしいから。

宵にもし行くあてがなければ、自分がもらってやってもいいと、口にはしないが考えていた。宵は環に比べれば確かに愛らしくはないが、いい嫁になるだろう。働き者で、逆らわず、無欲だ。

「宵、帰ってこい」

湖に呼びかける。風ひとつない。湖面は揺れもしない。宵はどこにいる。痣のある娘なのだから、神は怒らないか。帰されないか。そうしてやったら、俺が家に連れ帰ってやる。

「帰ってこい。帰ってきたら、お前がみんなに謝れ。俺は許してやるが、家は追い出されるだろうな。そうしたら俺のところに来たらいい。俺がお前をもらってやる。うんと働くんだぞ。前よりももっとだ。もう他のやつの言うことは聞かなくていいから、代わりにうんと俺のために働け。そうしたら、米なら好きなだけ食べてもいい。着物も一枚ぐらいは買ってやる」

湖は静かだ。男の言葉は、黒々とした闇を映した水に、波紋《はもん》もたてずに吸い込まれた。それを見ていると、頭の芯《しん》が、ぐらぐらと揺れてきた。宵の黒い黒い瞳。水音。

宵は死んだ。殺した。俺たちが、俺が、殺した。

男はふらふらと立ち上がった。踵《きびす》を返し、村に逃げ帰ろうとした。

風が吹いた。くらりと酔った頭は眩暈を起こした。足がもつれる。

それは瞬く間のことだった。

「宵、すまなかっ、」

謝罪の言葉を終えることなく、男は湖に落ちた。水音。

そして、再び、湖は静まり、男が浮かんでくることはなかった。

十六歳になったら死ぬと思って生きてきた。

環には未来というものがなかった。どうにかしてそれを諦めるために生きてきた。だが、生きているのだった。十六歳になっても、生きている。この年の娘が生きているのであれば、仕事がいる。環は双子の姉の宵のやるような仕事はすべて免除されてきた。ときおり母と気まぐれに繕い物や料理をする程度だ。それも、困れば、いや、困りそうになればすぐに宵が飛んでくる。だからうまくやる、最初から最後まで自分でやる、という気構え自体がなかった。

自分が生きている。そして、どういうわけだか宵がいない。環は当然、自分が宵がやっていたような家事をやらなくてはいけないだろうと考えた。満月の夜から何日かは宴に付き合ったり村の人々に顔を見せることでつぶれたが、日常に戻らなくてはならない。

これからは家の仕事をしたい、と言えば、両親は喜び、感心した。環は微笑んだ。そうやって生きていくのだと思った。姉はなぜかいないが、そのうちに帰ってくるだろう。それまで家を自分が守らなくては。

意気込んでいたが、環には家事は難しかった。愛されることだけを求められて生きてきた身にはすぐ傍にある川からでさえ水汲みは耐えがたく、調理のための竈《かまど》の火さえ熱すぎた。包丁もうまく扱えない。

「うまくできないわ」

汁にするために菜を刻んでいた環が笑って言うと、母がこちらを見て、奇妙な目つきをした。環は驚き、手が滑った。

「いたっ」

指先を切っていた。ほんの小さな傷だ。それを母に見せるように掲《かか》げた。

「痛いわ」

母はまた、奇妙な目つきで環を見た。それからため息を吐《つ》く。

「もうここはいいから」

「え」

「母さん一人でやってるから、環は別のことをしてなさい」

「え、でも」

母は環を見て、口を歪ませ、何かを堪えるようにもう一度大きくため息を吐くと、絞り出すように言った。傷の手当もすることなく。

「忙しいの。あんたがいるとわたし一人でやるよりはかどらないから、他のことをしていて」

環はそっと傷を押さえて、

「はい」

と小さく言った。

不本意ながらもどうにか自分で傷の手当をした環は、湖の近くに来ていた。母は機嫌が悪かったのだろう。

辺りは静かで、色づいた樹々に囲まれた湖面は煌めいている。生贄になる、ここに投げ込まれる、と決まっていたから、環はここに来ることはほとんどなかった。こうしてこだわりがなくなった今見ると、本当に美しい湖だった。美しく、そしてどこか、恐ろしい。どこまでも深く、底に何を持っているのかわからない。

今、環は一人だった。これまでの環が一人でいるときは、泣く時だった。人前でも泣いていたが、一人でしかできない泣き方もあるのだ。それ以外は誰かと語りあっていた。村人たちは環をなかなか放っておかなかったし、環は人に囲まれるのが好きだった。しかし、この頃の村はなんだか奇妙な空気で、話し相手を見つけるのに躊躇われた。作物や天気の調子は悪くないので神は怒っていないようだが、人の様子がおかしいのだ。何かを隠しているようだし、妙な暗さがある。

そして、宵がいない。

そのことを誰も話題にしないのが、環にはよくわからなかった。よくわからなかったので、環も宵のことは口にしなかった。環は生まれたときから村の人間たちに愛されてはいたが、役割のために隔てを感じてもいた。自分に知らされていないことがあると察しても、見ないふりをする習慣がついていた。

宵がいないことを誰も口にしないが、宵がいないことで、誰もが苛立っていた。宵はよく働いた。母も、環の目には宵にはやや冷たいように感じたが、宵を頼りにしていたのだろう。

考えてみれば、姉にはずいぶん苦労をさせていた。

環はそのことにも初めて気づいた。宵のかわりをしようとしても、とてもできない。母のあの奇妙な目つき。環相手なので優しくしようとしても、家事をしていると宵との手際の差を思い知らされて、ついきつく当たりたくなる。宵に不手際があればすぐにしかりつけていたので、その習慣が抜けない。その衝動をおさえて、奇妙な目つきになる。環はそんな態度を母に取られたことがなかったので、ただ驚いた。

私には知らないことがたくさんある。

まだ少し痛む指を押さえて、環は思う。それまで、知らないことはそのままにしていた。知ることが増えれば、つらいことも増えるからだ。何かを知り、親しんでも、自分の命はとても短い。考えることを増やしたくなかった。

これからはそういうわけにはいかないだろう。

環は考える。自分にはもう未来があるのだ。それを諦めるためだけに生きてきたので、急に与えられた未来にまだ慣れない。だが、輝かしいものであると思う。まだ、その眩しさに目が慣れない。けれど、早く慣れてこれからはいろんなものをよく見て、いろんなことをしたい。生きられるのだから。環境に押さえつけられていただけで、環は元来楽天的だった。

生きていることが嬉しい。

あの朝の陽ざしの輝かしさが、まだ環の胸で生きていた。生きていることが嬉しく、それをもっと人と分かち合いたい。一緒に輝かしい未来を生きてほしい。

だが、変だった。村のみな、日差しの明るさに後ろめたさを感じているように見える。どうしてだかはわからない。

それに、姉さんがいない。

その二つを常識的に結び付ければ、すぐに答えは出ただろう。だが、環はそれをしなかった。ただ、姉はどこに行ったのだろうと漠然と考えるだけだ。

日が暮れかけていた。木の実でも拾おうと環は思いついた。そのぐらいなら自分でもできる。姉さんが帰ってきたら、一緒に食べよう。考えてみればそんなこともしたことがなかった。双子なのに。姉さん。元気だろうか。元気な顔が見たい。自分が生きていることを、喜んでくれるだろうか。宵の喜ぶ顔を、環は想像できない。自分に遠慮していたのだろうか。もうそんな必要はないのだから、見てみたかった。もう自分たちを隔てるものはないのだ。すぐにはうまくいかないかもしれないが、きっと姉と前よりもっといい関係が築けるだろうと環は信じていた。環は宵が好きなのだった。悲し気で寂し気な双子の姉。

「環」

ふいに声がして、環ははっと顔を上げた。

そこに仁が立っていた。

環はぎょっとした。仁の人相が、すっかり変わっていたからだ。

ほんの何日か前に顔を合わせたときにはまだどこかに残していた幼い青さが、完全に取り払われている。精悍で若々しかった顔には陰があり、もう老いさえ感じさせる様相だ。

環は一歩後ずさった。これまで、仁を恐ろしいと感じたことなどなかったのに。頼りになる、心安く優しい幼馴染《おさななじみ》。仁が変わったのと同様に、環もまた変わっていることを自覚した。環はもうすでに神の花嫁ではなかった。何の立場も役目もない、ただの娘だ。

その自由が、急に心もとなく感じる。

「元気か、環」

だがそう問いかけた仁の声は変わらず優しく、環はほっと微笑んだ。

「ええ。……家のことをしてみようと思ったけれど、なかなか難しくて。姉さんみたいにはいかないわね」

村で宵の話はしなかったが、なぜだか仁にはしてもいい気がしていた。仁は同い年で、宵ともよく話すのを見かけた。親しいというほどには見えなかったが、それでも無口な姉には珍しいことだ。

だが、仁は顔をこわばらせた。

「環、お前は……」

低い声で言いかけ、口を結んで首を振った。環は首を傾げた。

「何？」

「いや、いい……そうか。そうだな」

「姉さんはどこに行ったのかしら。そう言えば、男の人も何人かいなくなったみたいだし、ああいう区切りがあると、みんな村を出ていきたくなるものかしらね。誰かと姉さんが一緒にいるのかしら。そんなふうには見えなかったけど、そういうのって傍《はた》からはわからないものだものね」

仁はふっと笑った。環が今まで見たことのない笑みだった。

「環」

「何？」

「お前は……そのままでいてくれ」

その言葉には言葉以上の何かがこめられているように思えて、環はうろたえた。

「そのままって?」

「そのままは、そのままだ」

仁の言葉に含まれたものに、環はひるむ。首を振る。

「でも、そのままではいられないわよ。私だって、村の女として生きていかなくっちゃいけないんだから。姉さんがいつ帰ってきても大丈夫なようにしないと。甘やかしてもらったもんだから、代わりにずいぶん苦労もかけたろうし」

「肖か」

「ええ……私このところ、泣いてばっかりだったでしょう。家が暗くなって、姉さんには悪いことをしたわ」

環は笑いながら、なぜか泣きたくなった。姉の話をしたことで、その不在が急に真に迫ってくる。姉に会いたい。ここにいないのが、怖い。顔を見て安心したい。

「環」

環の感傷を遮《さえぎ》るように、仁が呼んだ。環はもう一歩後ずさった。何を言われるのか、なんとなく察していた。その話をされたくなかった。

「結婚してくれ、環」

言われてしまった。仁はまっすぐに環を見つめていた。静かだが、奥底に何かが燃えている。熱く熱く、環にはわからない何かを熱源として、いつも燃えている。決して消えることがなく。

神の花嫁である運命によって、環はその熱に直接向き合うことを避けていた。だが、もう違うのだ。環はただの一人の娘として、一人の若者の求婚に、答えを出さなくてはならない。

「そんな……まだそんなことは、考えられないわ」

「なら今、考えてくれ。お前は生きている。この先も生き続ける。俺と一緒になってくれ」

奥底にある熱に動かされるように、仁はかきくどく。環はもう一歩後ずさって、木に背をつけた。仁との距離は開いているが、ここまで彼の熱が届くようだった。それは環が知っている村の若者の諦め交じりの求愛とも、これまでの仁の情熱ともまた違うもののように感じた。もう後がないというような、切羽詰《せっぱつ》まったものがある。

「俺はお前を守る。必ず守る」

それは少し前まで環が待ち望んでいた言葉だった。村から逃げるのではなく、ここにいたまま、守ってもらう。お前は生き続けてもいいと。誰も言ってくれたことがなかった。だが言ってほしかった。誰もが環を憐れんだけれど、誰も環を守るとは言ってくれなかった。悲しみながら、村の生贄として環を差し出そうとしていた。それが役目だ。恨んではいないが、結局自分はこの愛する人たちに湖へと差し出されるのだと言う鬱屈《うっくつ》を持っていた。

あの満月の前にそう言ってくれていたら、環は仁に頷いたかもしれない。役目から逃げるのではなく、ここで向き合ってくれると言うのなら。

だがもう終わった話のようにも思うのだ。今、仁は何から環を守るというのだろう。満月の日が終わって、神への義務がなくなって、環は自分を一人の娘だと感じ始めていた。まだその手段はわからないが、自分の仕事をし、自分の考えで生きていく。それを模索《もさく》しているところで、仁に守ってやると言われても、釈然《しゃくぜん》としない。

生を諦めて生きてきた環は、まだ恋など遠いものでしかなかった。仁は好ましいが、恋をしているわけではない。わからぬまま頷きたくはない。

「まだ、待ってほしいの」

これまでなら、仁は環の言葉を聞いてくれた。

「俺は待った」

このとき仁は待たなかった。瞳に何かの熱を滾《たぎ》らせて、一歩、環に迫った。

「俺はもう待たない。お前と夫婦になる」

これは交渉ではない。仁にとって、これはもう決まったことなのだ。環は悟る。

「ここでは返事できないわ。お願い。待って」

なんとかそう言うと、仁は湯気のような熱いため息を吐いた。

「……それほどは待てない」

「ごめんなさい」

環はそう言うと、家へと向かって駆けだした。仁から逃げるためというより、とにかく落ち着かなかったのだ。髪が乱れる。森を抜けて、村に出る。日が傾き始めている。誰かの畑の脇で、酒を飲んでいる男がいる。大きな宴があったからか、そこから酒量が増えた男たちがいる。そのうち何人かが村からいなくなったという話も聞いた。三百年に一度の儀式に向けて、環だけでなく村全体が備《そな》えていた。終わったあと村もしばらくは落ち着かないのだろう。仁だって、村が落ち着くまでは待ってくれたらいいのに。

待ってくれたところで、自分は仁に頷くだろうか。

環は足を止めると、はあ、と似つかわしくないため息をついた。乱れた髪を直そうともせず、俯いたまま歩く。

「ひぃっ！」

酒を飲んでいた男が、通りすがろうとした環を見て、声を上げた。

「あ、あ、あ……」

その尋常《じんじょう》じゃない様子に、環は顔を上げた。男は濁《にご》った眼で環の白い顔を見ると、肩を下した。

「ああ……環ちゃんのほうか。あいつじゃなく」

「あいつって……姉さんのこと？」

その乱暴な言い方が気に障《さわ》ったが、自分が特別村の人間に厚遇されているだけで、普通はそんなものなのかもしれないと思い、咎めるのはやめた。宵と間違われたことなどなかったので意外だが、今の環はこれまで与えられていたものより汚れてもいいよう粗末なものを着ていた。しかし、それにしても尋常じゃない驚きようだった。ただ見間違えただけとは思えない。

「ねえ、もしかして、姉さんがどこにいるのか、知っているの？」

「知らねえ！」

男は泣き出しそうな声で叫んだ。

「あいつのことなんか知らねえ……俺は、俺は何も知らねえ！」

「おい」

後ろから声がした。環がはじかれたように振り向くと、仁がいた。環を見ることなく、真っ直ぐに男を見ていた。男はぶるぶると震えだした。

「お前は何も知らないいな」

仁の声は暗く、重い。顔が、影になっていてよく見えない。

怖い。

環ははっきりと思った。仁が怖い。

「飲み過ぎだ。気をつけろ。何も悪いことなどないんだから」

仁の咎めに、男はうなだれるように頷いた。

何も悪いことなどないんだから。

仁の声は力強く、つい従いたくなる。この男についていけば大丈夫だ、と感じさせるものがある。まだ若いのに、村のどの男より、仁の父である村長より人としての大きさと、深い覚悟がある。その仁が言う。

何も悪いことなどないんだから。

信じたくなる。だが、環にはわかった。

嘘《うそ》だ。


秋らしく晴れたその日、村の子供たちは集まって言いつけられた仕事をしていた。大人たちが畑や田んぼ等で働く間、子供たちは子供たちで別の簡単な仕事をするのが村のやり方だった。まだ歩き出したばかりのような小さな子供の面倒を見るのも子供の仕事だ。しかし大人の目はないので、自然と子供たちは遊びだしてしまう。止めるものはいない。編みかけの藁《わら》を放り出す。

鬼ごっこをする。いつものようにやっている。鬼をやっているのは年かさの男の子で、当然他の子よりも足が速い。遠慮なく他の子供を捕まえていく。子供たちは逃げ惑う。その様が面白くて鬼は笑っている。無理に参加させてもらった幼い子が焦って転んで泣く。

「なんだよめんどくせえなあ」

鬼はそう言うものの、幼子が泣き止むことはない。釣られたのか、他の幼い子供も泣き出してしまう。

「なーにしてんだいあんたたち」

「仕事は終わったのか」

声を聞きつけて近くの畑にいた大人たちがやってくる。叱られると思ったのか、ある程度大きい子供たちも泣き出した。

「泣くんじゃないわよ忙しいのに」

「仕事もちっともやってねえじゃねえか。こっちも大変なんだぞ」

普段なら子供の泣き声が響いたところで誰も何とも思わない。虫の鳴き声と同じようなものだ。だが男手が減ったこともあり、村の働き方の均衡《きんこう》が崩れていた。色々な仕事が遅れており、みな苛立ちやすくなっていた。それをぶつけることができる相手もいない。第一、以前は子供が長く泣き続けることもなかった。親が近くにいなくとも、異変を感じたらすぐに駆けつける娘がいた。

「なんで、よい、いないの」

幼い子が泣きながら呟いた。大人たちの顔が小さく引き攣《つ》る。

「よいいたら、おにやってくれるのに」

「よいいないの、つまらない」

　宵は子供の相手をすることも多かった。鬼ごっこなどの遊びでも、年齢差が気にならないように手加減をしたり、うまく相手を勝たせたりするのがうまかった。子供たちは大人の目を気にして宵にべたべたと甘えることはなく、大人の態度を見て宵を軽んじていて、粗末に扱ったり、痣のことを揶揄《からか》ったりもした。しかしそれでも、宵のことを好きだった。宵が恋しかった。宵と遊びたかった。どうしていなくなったのか、何も説明されていない。いつの間にかいなくなった。宵がいなくなってから、何もかもうまくいっていない。

「おい、もう泣くな」

　いつの間にかほとんどの子供が泣き出して、苛立った男たちが険《けわ》しい顔でしかりつける。子供たちはますます泣いた。

「みんながいじめるからよいは出ていっちまったんだ」

「いい子にするからよいのことよんできて」

「よいとあそびたい。よいの手伝いするし、もうひどいこといったりしないから」

「みんなであやまろうよ。あやまってかえってきてもらおう」

　子供たちは口々に好きなことを言う。地面にぽたぽたと涙が落ちて、濡れていく。甲高《かんだか》い泣き声が疲れた大人たちの耳に響く。みんながいじめるから。

本当はそれ以上のことがあった。宵が帰ってくることはない。取り返しがつかない。だがどうすればよかったというのか。子供たちは勝手に自分たちを責める。何も知らないから。

「いい加減に、」

男の一人が怒鳴りつけようとしたが、途中ではっと空を見上げた。突然空が暗くなったのだ。見上げる空は厚い雲で覆われていた。ただそれだけだが、何かがおかしい。ついさきほどまで、確かに空は晴れていたのだ。大まかな天候の予想ぐらいは村に住んでいれば誰でもできるようになる。明らかに、この雲は本当ならここにあるはずがなかった。

大人も子供も、誰が何を言うでもなくその雲を見上げていた。黒々と重たげな雲は見ている内に蠢いて大きくなる。そして、雨が降り出した。ぽたぽたと重たい雫が垂れ、地面に涙に似た跡を作った。

予期せぬ雨が降ってきたというのに、しばらく誰も動かなかった。ただ雨に打たれていた。肌に触れる雨粒はつめたく、鋭かった。放り出された藁が濡れていく。空は暗い。

大人も子供も皆、同じ名を思い浮かべて、雨に打たれていた。

「よい、ごめんなさい」

誰かの呟きは雨よりつめたく村人に刺さり、水に流されていった。

雨は降り続いた。

もともと天候に恵まれた村だ。秋のこの時期に長い雨が降り続くことなどそうない。降り始めは村長や仁の指示のもとで雨の対策をしていたが、一向に止む気配がなかった。雨に打たれながらも整えた畑は切りもなく落ち続ける水に蹂躙《じゅうりん》され、乾く間もない屋根は雨漏りがする。直してもきりがない。皆がつめたく湿った中で暮らしていた。村の傍を流れる川も水量を増している。土嚢《どのう》を積んではいるものの、このままでは危ないかもしれない。

その中でも環は明るく振舞おうとした。家の中でも外でも自分に出来る仕事をして、湿った笠の下から行きかう村人みなに明るく話しかけた。自分が明るくすれば、皆喜ぶはず。環はそう信じていた。

だがうまくいかなかった。環の遅く拙《つたな》い仕事も、何をするでもいちいち無駄話をしたがる態度にも、両親は奇妙な反応を見せた。父も母も何かを言いかけて堪えるような仕草をして、早くしろとだけ言い、ため息を吐く。何かの間違いかと思い環は明るく振舞い続けたが、しばらくすると自分に両親が苛立っているのだと気付いた。信じられなかった。両親は環にいつも優しかったし、環を慈しみ、憐れんでいた。環が何をしても喜び、少しでも不快に感じればすぐになんとかしてくれた。その両親が、自分に苛立っている。

その苛立ち方に、見覚えがあった。宵だ。宵がいるとき、優しい両親は宵にはああいう態度だった。そういうものだと思っていた。今その矛先《ほこさき》が自分を向いて、環はわけがわからなかった。

両親は姉がいないのが寂しいのかもしれない。環はそう思うことにした。冷たく接しているように見えても、結局は両親はいなくなることが決まっていた環より宵を頼りにしていた。急にいなくなったので、動揺《どうよう》しているのかもしれない。だから自分の些細なことにも苛立つのかも。

その推論は環自身にもどこかしっくりとは来なかったが、かと言って他に何か思いつくこともなかった。環の人生は短く狭く、暗いものは見ないようにしてきた。宵がどんな目に遭っていたのか、優しいものばかり見て育った環にはわかりようがなかった。

「姉さんに会いたいわ。どこに行ってしまったのかしら」

宵のことを口にしたのは、ただみなで懐かしみたかっただけだ。なんとなく不穏なものを感じてはいたが、環もすっかり気がめいっていて、たった一人の姉の思い出に縋りたかった。

「誰も姉さんのことを話さないけれど、どうしてしまったのかしら。私が気づかないだけで、みんな知っているのかしら。帰ってきてほしいけれど、難しいかしら」

「やめなさい」

唸るような低い声がした。聞いたことのない声だった。どうしたのかと辺りを見ると、母が環を見ていた。

「宵の話はしないで」

母の声だった。母の目は見たことがないほど暗い。さすがの環も言葉を失った。

「そうだ。するな」

父の声も目も、母と同じぐらい暗かった。昼だったが雨の家は暗く、二人の顔には常にない影が出来ていた。あの満月の日からそう経っていないのに、二人ともすっかり老けこんでいる。取り返しのつかない何事かが起こっているような気がして、環は恐ろしかった。

それ以来、環は家にいるのを避けるようになった。よその家で子供たちの面倒を見たり、病気の老人の看病をするようになった。それなら環にもできる。

環は村長の家に向かっていた。寝付いている老婆のための薬を分けてもらうつもりだった。そして今後のことも相談しておきたい。前例を聞いたことはないが、このまま雨がやまないようなら別の対策をとる必要も出てくるだろう。

私にも何かできることがあるかもしれないわ。

乾かす時間がなかったために元から湿った笠をかぶって、環は人気のない村を進む。まだ作物はだめになってはいないようだが畑の土も水を吸い過ぎて、水路も水かさを増している。このまま雨が止まなければどうなるのだろう。もう晴れた空の色を思い出すことも難しくなっていた。何故雨がやまないのか、環にはわからない。

村長の家は集会所も兼ねているので他の家より幾分大きいが、古い。戸の前に立つと、声が漏れてきた。村長と仁、それから何人かの年かさの男たちが集まっているようだ。

「やっぱり、あれがいけなかったんじゃねえのか」

「だがもともと誰にするのかはこっちの自由なんだ。決め方なんか伝えられてない。だから誰でもいいんだ」

これは仁の声だ。

「だからってなあ、ずっとそのつもりでいたのなら神さまだってそうだったんじゃねえのか」

なんの話かすぐに察せられたわけではないが、割って入るのが何故だか躊躇われて、環は戸の前に立っていた。雨は細く静かに、だが執拗《しつよう》に降り続いている。

「だいたいなあ、生まれたときにあの子にしようって決めたのは村長、あんただろ」

村長の声は聞こえない。

「やっぱり神さまだって器量はいいほうがよかったんじゃねえか。都の姫様みたいなもんを期待されても困るが、あんな痣があるのをよこされてもな」

痣。

痣、と言えば、環の頭に浮かぶのは一人だけだ。宵。いなくなった双子の姉。自分に似た白い顔にある青い痣。環はその痣について何か思ったことはない。ただそれが環の姉の顔だというだけだ。痣があるから姉は神の花嫁に選ばれなかったことは、直接言われなくともなんとなくわかっていた。痣があるのが自分だったら、と、考えそうになったこともあったが、結論を出したくなくてやめた。その痣が、なんだというのか。

「やっぱり今からでもなあ、やり直したほうがいいんじゃねえのか」

誰かが言いにくそうに告げる。

「そんなことはしない」

仁の声だった。雨音を払うような決然とした声。まだ若いが、未熟さはもう完全にない。覚悟の決まった声だった。

しん、とひと時男たちは言葉を失う。だがすぐに別の誰かが言う。

「そりゃ……仁はそうだろうけどよ」

「しかし今、こうなってるわけだから」

「おれたちだってこのままでいいならこのままにしておきたいけどなあ。でも、こりゃいくらなんでもおかしいだろ。もう何日も雨がやまねえ。降ったりやんだりしてるんじゃなく、本当に、一回もやんでないんだぞ。こんなことねえよ。このままだったら村ごと沈んじまう」

「そんなことにはならない」

仁の声は落ち着いているが、それが余計に男たちの激情を煽《あお》るようでもあった。

「そんなのわかんねえだろ。火の国だってよお、昔はあんなに景気がよかったっていうのに、まだ持ち直してねえんだから。神さまがお怒りなら、俺たちにはどうしようもねえんだ」

「まだ村が沈まねえうちになんとかしねえと」

「別に俺たちだって環ちゃんが憎いわけじゃねえや。でも役目なんだから」

自分の名前だ。本当に、これは何の話をしているのだろう。痣。神さま。選んだ相手。役目。その結果。これまで環の意識の底に沈んでいたもの。見ないようにしていたもの。だって、そんなの恐ろしい。考えたくない。

だが。

「宵じゃだめだったんだ。だから神さまはお怒りなんだよ。花嫁は正しい相手じゃなきゃいけないんだ」

誰かの声がした。環は何かを感じるより、何かを考えるよりもまず、体が動いた。笠を取って、戸を開けた。

男たちは呆然と環を見つめた。青褪《あおざ》めた顔の神の花嫁として育てられた娘。風にも当てぬように育てられた白くなよやかな体は、濡れ、震えている。

「環……聞いてたのか」

環は男たちを見返した。今にも倒れそうなほど青褪めているのに、黒い眸は澄んだ強い光を保っている。男たちは目を逸らした。ただ一人、仁だけは逸らさなかった。暗い、だがその奥に強い熱を宿した瞳。二人は見つめ合う。二人ともひるまなかった。この他の村人たちが決して持たない強さが、かつてはお互いを惹《ひ》きつけた。

「どういうことなの？」

「聞いての通りだ。神の花嫁を、お前から宵に変えた」

「どういうこと？　そんなことができるの？　姉さんがそうしろと言ったの？」

環の問いに、男たちは自らの罪悪感を軽減する言い訳を見つけた。

「あ、ああ、そうだったな」

「あいつが自分からな、そう言ったんだよな。環ちゃんが可哀想だからって」

「可愛げのない娘だったがな、情があったんだな。妹のことを憐れんで、そうしてくれたんだ」

男たちはそう言いながら、半《なか》ば自分達でもその物語を信じ始めていた。仁は感情のない目で男たちを眺め、それから環を見て言った。

「そうだ。宵がそう望んだ」

環は生まれた頃から仁と過ごしていた。仁は環に、いつも偽りのない、混じりけのない感情と言葉を向けていた。妹に対するような親愛、弱いものに対する責任感と庇護欲、そして年頃の娘に対する思慕《しぼ》。仁は全ての感情を隠さず真っ直ぐに与えてくれた。環は仁という青年をよく知っていた。

だから今、その言葉が嘘だとわかった。

姉は望まなかった。望まず、環の代わりに神の花嫁になった。

それは、つまり。

「仁は……姉さんを……殺したの？」

仁もまた、環のことをよくわかっていた。環は心優しい。そして、正しい。気が回らないところはあっても、自分の罪悪感をごまかすために知ったことをなかったことにはしない。

仁は諦めと、ある種の安堵と、清々しさを持って微笑んだ。もう隠さなくてもいい。環に暴《あば》かれるのは本望でもあった。

「そうだ。お前の代わりの花嫁として、宵を湖に沈めた。お前のために」

環の手から笠が落ちた。何も考えられない。雨が降り続けている。涙のように。冷たい怒りのように。


雨の中、環は森に一人で入って湖に向かった。笠もなく、頭からぐっしょりと雨に濡れていたが、冷たさも感じなかった。

姉さん。姉さん。姉さん。

ただその言葉だけが鼓動《こどう》とともに胸の中で暴れていた。本当に、姉は湖に沈んでしまったのだろうか。みんなそれを知っているのだろうか。

こんなこと考えたくはない。でも、考えないわけにはいかない。知らないはずだ、と思いたい。でも、無理だ。きっと、みんな知っているのだろう。知っていたから、みんな姉のことについて語るのを避けていた。

信じられない。信じたくない。でも、これが真実なのだ。

どうしてそんなことができるのか。環には意味がわからなかった。環は死にたくはなかった。十六歳で死ぬ運命を憎んでいた。姉を羨んでいた。

でも代わってほしいなんて思ったことはない。

ここは神の村だった。他の村に比べて豊かだが、それでも環はただの村娘としては考えられないぐらい恵まれた生活を送っていた。環にもその自覚があった。他の娘も、姉も、自分とはまるで違う生活をしていた。誰もが環に優しかった。一番いいものはなんだって環のもので、それに文句を言うものは一人もいなかった。全ては自分が花嫁という名の生贄として生まれたからだ。その事実を知ってからずっと、環はそれを受け入れようとしてきた。心安らかに受け入れたとは言えないが、納得していた。恵まれた生活の対価として、というより、自分に与えられた責務、責任として、そうあるべきだと考えていた。死にたくはない。だが、誰かが死ななくてはいけない。それは自分だと決まっている。仕方のないことだ。そして、それは、確かに誇らしいことでもあった。

この人たちを、自分が守る。

ただ支払われた対価を払うというだけではない。

環は自分の運命を、自分の意志で受け入れたのだった。仁が村を治める責任を背負うのと同じように、環もまた別のやり方で村を守る責任を自ら背負った。

姉は違う。姉はそんな責務を負ってはいなかった。この先もずっと生きていくはずだったし、本人もそのつもりだったはずだ。それを、殺した？　自分のために？

死よりも恐ろしいものなどあるとは思っていなかった。だが今、環はそれを知った。そんなことは許されない。

そんなことを許しては、生きていけない。

雨の森を抜ける。肌は冷え切っていたが、はらわたは煮えたぎっていた。

森の中、たどり着いた湖の水面は激しく飛沫《しぶき》を上げていた。普段より水位が高い。普段の静けさはそこになく、水の流れが不規則に蠢いている。底に激しいものを隠しているかのように。こんな湖は初めて見る。雨のせいではない。何か、人知の及ばぬものがここにいる。

神さまは怒っている。

神さまは、確かにいるんだ。

環の人としての本能がそれを恐れた。同時に、そこに希望を見た。これはただの水たまりではない。この雨はただの偶然ではない。神は確かにいて、怒っている。ということは、神には意志があるのだ。

環の口から漏れる息は荒く、白い。自分は生きている。死ななかった。死ぬべきだったのに、生きているのだ。だから、

自分にはまだできることがあるはずだ。

環は半ば倒れるようにして湖面を覗き込んだ。波打つ水面の奥には何も見えない。深い深い湖の底。きっと雨よりつめたい。人が生きる場所ではない。でもここに、確かに神がいる。

じゃあ、姉さんもいるかもしれない。

揺れる湖面に環の顔が映る。青褪めた白い小さな顔が、雨に打たれている。

誰かに似ている。

環は思った。こんな苦しそうな自分の顔は見たことがない。それが、誰かに似ていた。いつも苦しそうで、寂しそうで。見ようとしなかった。そんなふうに生きてきた人。

姉さんに似ている。

怒りと苦しみに煮えていた胸が沸騰《ふっとう》した。

こんなことは許されない。

「姉さん！　姉さん！　返事をして！」

環は叫んだ。凍える唇と引きつった喉で、必死に。

「神さま！　姉さんを返して！　お願いします！　返してください！」

必死の叫びは、ただ湖面と雨の音に吸い込まれていった。

5、戯れ

誰かの声がした。

外で鈴と遊んでいた宵はあたりを見回した。赫天と水鏡の姿はない。赫天は昼寝をしているはずだった。この頃、本当によく眠る。水鏡は部屋にいるのかもしれない。ここのところ、部屋にいることが多い。琴の練習をしているのかもしれない。

「ここに他に人はいるのかしら」

鈴の顎を指先でくすぐると、にに、と声が返ってきた。相槌《あいづち》めいた鳴き声が可愛くて、宵は微笑む。

「見ないわねえ。そう言えば、あなたはいつからここにいるの？」

鈴はもう返事はしてくれない。

「さっきの声、あなたは聞こえた？　気のせいかしら」

気のせいだとは思うが、妙に気にかかった。誰かの声。誰かが、自分を呼ぶ声。

「私を呼んでくれる人なんて、いないわよね」

軽く言おうとしたが、声に悲しみが滲んだ。みなそこに来て、赫天と水鏡の優しさと鈴の無邪気さに触れることで、宵も村にいた頃の自分の境遇に向き合えるようになってきた。

虐げられていたのか？

いつか、水鏡に聞かれたこと。あのときは咄嗟に否定してしまった。違う、と思った。そう言いたかった。虐げられてなどいない。そう思いたかったのだ。でも。

虐げられていたのだ。

そのことについて考えると、やはり気が塞《ふさ》ぐ。村で、宵を大切にしてくれる人は誰もいなかった。悪意と侮蔑《ぶべつ》ばかりぶつけられて、いいように使われていた。だが村にいた頃は現実を見つめることができなかった。逃れようのない状況でつらいのだと自覚すると、余計につらいだけだ。

考えに沈んだ宵の手のひらに、ぐりぐりと鈴が小さな頭蓋骨《ずがいこつ》を押し付けてくる。宵はほとんど泣きそうになりながら笑った。

今は幸福だ。みなそこに憂《うれ》いは何もない。ここでは宵は必要とされている。労働力ではなく、ただ一人の娘として必要とされているのだ。この小さな鈴でさえ宵を尊重してくれている。神である赫天も水鏡も、宵を喜ばせようとしてくれる。

村にいた時はつらかった。ずっとずっと、つらかったのだ。

苦しみが去って、ようやく苦しみだと認められるようになった。

空から誰かの声がする。

宵は上を向いた。空ではない。ここは湖の底だ。村にいたところに見慣れた青く透きとおる空ではなく、霞むような揺らめくような天蓋《てんがい》。やはり声は聞こえない。だが。

「なんだか……暗い……？」

気のせい、と言ってもいいほどの変化に過ぎない。だが常に一定の明るさを持つみなそこが、いつもより暗い。不安になり、宵は鈴をぎゅっと抱きしめ、その小ささに、自分がこの猫を守らなければと感じ、優しく、強く抱き込んだ。鈴は最近出会ったばかりの娘にすっかり体を預けている。

宵は微かに眉を寄せ、揺れる天蓋を見上げる。やはり、いつもより暗い気がする。呼ばれている気がする。

誰かの声。聞き覚えのある声。耳に聞こえているのではなく、心に響いてくる。遠くて、自分と相手との間にいくつもの隔てがあって、うまく聞き取れない。もっと、ちゃんと聞きたい。

「宵」

何ともわからない呼び声を聞き取るための集中が、その声で途切れた。すっかり聞きなれた声だ。宵は鈴を抱いて振り返る。

「赫天様」

「なんだ、鈴もそこにいたのか。木登りでもするか」

赫天が言うと、すぐ傍に先ほどにはなかった木が出来ている。宵は赫天の横に並んだ。

「赫天様……」

「なんだ？」

「大きくなりました？」

にんまり、と赫天は笑った。

「気付いたか」

得意気な様子は幼い。まだ幼い子供であることは変わらない。だが、以前より目線が高い。みなそこでは昼も夜も曖昧《あいまい》だが、それでもまだふた月も経っていないはずだが、一、二歳分ほどは成長している。

「すぐに水鏡より大きくなってやる」

「あら。それはすごいですね」

「もとはそうだったんだ。俺はいい男だったぞ」

くす、と宵は笑った。

「ええ、そうでしょうね」

村から出たことがなかった宵は赫天のような種類の男には会ったことがないが、書庫で読む物語に出てくる色男のようだったのではないかと考えている。華やかで鷹揚な美しくたくましい男。そう言えば、書庫で火の国の物語も見つけたが、赫天の記述はあってもあまり具体的な外見や発言については語られなかった。ただ人の祈りに応える話が多かった。

「赫天様は優しいし、きっと素敵な男の人になるでしょう」

「よくわかっているな！　お前はまったく素直な娘だ」

素直と自分が結びつかず、宵は戸惑う。そう言う赫天のほうがよほど素直に見える。

「俺が力を取り戻したら、お前を火の国に連れて行ってやろう。今は荒れ果てていて、いい国とは言えないが、きっとすぐに取り戻せる。火の国の民は強いんだ。お前にも見せてやる」

赫天の瞳は希望に煌めいていた。宵は眩しさに目を細めた。

「はい、」

「人の妻に何を言っている」

水を差されて、赫天がむっと頬を膨らませた。さきほどまでの自信に満ちた姿とは大違いの、拗《す》ねた子供の表情。

流れるように宵の隣に来た水鏡に、赫天がつっかかる。

「妻と言ったって、お前と宵は想い合って結ばれたわけでもあるまい」

「ではお前は想い合う相手を見つけるのだな。そのなりでは難しいか」

「なんでそういちいち腹の立つことを。宵、こんな陰険《いんけん》な夫で気の毒に」

「子供が夫婦のことに口を挟むでないよ」

「ええと……」

水鏡は明らかに赫天を揶揄っている。どう宥《なだ》めようか困っていると、宵の手から鈴がすり抜けて、赫天の脛《すね》に体を擦りつけた。

「鈴！　お前は俺の味方だな」

赫天が嬉しそうに鈴を抱きしめようとすると、にに、と鈴は鳴いた。面倒がっているようにも見える。

「おやおや、まあ、少しばかり鈴はお前に貸してやるとするか。私の可愛い子猫だからな」

「嫌なやつだなお前！」

「な、仲良くしてください」

すっかりうろたえる宵の言葉に、水鏡は微笑み、拗ねていた赫天も笑った。

「そうだな。仲良くするか。ここには私たちしかいないのだから」

水鏡がそう言って、鈴の顎をくすぐった。その声はどこか寂し気だった。小さな別れのあとのような。何かあったのだろうかと宵は思った。

「中に入って夕飯を作ろうか」

水鏡が提案し、みなで揃って厨に向かう。やはり気がかりで宵がちらりと上を見遣ると、やはり暗い。前からこんなふうだったろうか。

誰かに呼ばれている気がする。

気のせい、と片付けようとしたが、うまくいかない。呼ばれている。誰かはわからないが、よく知る誰かに。誰だろう。

「宵。おいで」

思いに沈みそうになる宵を、水鏡が呼ぶ。

「はい」

宵は応え、水鏡の後を追った。地上で何が起こっているのか、気付くことはなかった。姉さん、と環が自分を呼んでいることにも。

宵は新しい琴の教本を書庫で見つけた。これまでの本より初心者向け、子供向けなのか、丁寧に図解がしてあった。何も知らなくともただこの通りにすればよい、という書き方だ。

これなら弾けるかもしれない。読んだことをすぐに試してみたくなり、教本を手にしたまま水鏡の部屋に急いだ。

部屋に水鏡はいなかった。そういうときも好きにするよう言われている。弾いているうちに戻ってくるだろう。琴と、鏡だけがあった。教本を置いて琴の前に座ろうとして、宵は鏡に目を奪われた。

揺らめく水面。水鏡が力を使わないときは、普段はただどこかの水面が映っている。ゆったりと陽の光を揺らめかせているときもあれば、夜に月と星の欠片《かけら》を浮かべているときもある。昼も夜もなく、空腹も眠気もほとんど感じないみなそこで、唯一時間が判別できるのがこの鏡だった。

ここのところ、映る水面はずっと雨に打たれていた。以前、雨に気付いた宵が口にすると、

「そんなときもあるさ」

となんでもない様子で水鏡は言った。のっぺりとした水面のような言い方に、小さな違和感を覚えた。だが、その通り。何もおかしくはない。雨だって降るだろう。雨は恵みでもある。雨がなければ人は生きてはいけない。

しかし、そんなときもある、というには随分雨が長い。しばらく晴れたところを見ていない。と言っても鏡をじっと見ているわけではないのだから、宵が不在の時には晴れ間があるのかもしれない。

そう考えて不安を紛らわそうとする。

琴を弾きたくてここに来たのだ。ようやく見つけた本に書いてある通りにしてみたくて。琴はここに来て見つけた自分の楽しみだ。水鏡に弾いてあげたい。地上のことは忘れたい。でも、身体が動かない。白い琴。その横に置かれた教本。書庫で見つけたときには輝い

ていたそれが、もうよそよそしく見える。今、宵が必要としてるのはこれではない。力。

水鏡が鏡に様々なものを映していたときを思い出す。都で琴を爪弾《つまび》く姫君や琴の名手らしき老人。別の国の様子を映してくれることもあった。

この鏡は望むものを映してくれる。

本当だろうか。

宵はぼんやりと鏡を眺めていた。水面を打ち続ける雨。乱れる水面。水、水、水。沈むように、自らの思考に潜っていく。

これだけの雨、見たことがない。こんなに降り続けたらどうなるのだろう。村は。まだ村にいたとしたら、自分はどんな目に遭っていたろう。きっと雨でさえ自分のせいにされて殴られていただろう。そういうものだった。殴られても、田畑や家の手入れに走り回っていたのだろうか。前に殴られたときの痛みと、鼻の奥で嗅いだ自分の血の臭いを思い出す。息苦しい。家族は無事だろうか。環はどうしているだろう。仁と結ばれたのだろうか。環は幸せだろうか。美しい双子の妹は、死にたくないといつも泣いていた。ずっと傍にいるだけで苦しかった。お前のせいだと責められても受け入れていたのは、その環境しか知らなかったせいでもあるが、自分もまた環を見捨てていると思っていたからだ。あの日まで、自分が代わりになるなんて思っていなかった。

だから全部これでよかったのだ。

みなそこには何の不幸もない。愛らしい鈴。素直ではないが懐いてくれる赫天。優しく寛容で不器用な水鏡。ここで宵は幸福だ。村ではずっと宵は宵という娘でいることを否定されていた。他人にも、自分にもだ。環のように、そうでなくとも別の娘のようにありたかった。痣のない顔に憧れていた。宵が宵であることが諸悪の根源だと半ば信じていた。みなそこでは、宵はただ宵として受け入れられている。あれほど憎まれていたのに、ここではどんな憎しみもない。自分が悪かったわけでは、多分ないのだ。作物によって植える場所が違うように、人にもそれぞれ適した場所があるということなのだろう。

死んだのが私でよかった。

そう思う。これでよかった。死んでよかった。そのことに何の反論も浮かばないのに、胸が軋《きし》んだ。愛されなかった。憎まれていた。虐げられていた。そのことを、思い出すと苦しい。忘れてしまえば、きっと楽になれる。

本当に？

いつの間にか、宵の手は痣を撫でていた。村にいたときはいつも痣のことを考えていた。人の目になるべく触れないよう俯いて、人がここに目をやると怯えた。ここにいると、痣の存在を忘れる。猫の柄と同じだ。猫がおそらく自分のブチを普段は意識しないように、宵も意識しなくて済む。そして、ブチのある猫が自分の模様をどう思っているのかは知らないが、宵はこの痣自体が決して嫌いではないのだ、と知った。好きでもないが、これも含めて自分の顔だ。水鏡に消そうかと言われても断った。そのときは本当に咄嗟に断ったのだが、それでよかった。自分の顔のままでいたい。

そう。自分のままでいたい。だから村のことだって、忘れたくはないのだ。いい思い出ではないが、自分の一部だ。消したくない。会いたい人だって、少しはいる。子供たち。宵を軽んじてはいたが、懐いてくれている、と感じるときもあった。元気にしていればいい。

それから、環。

せっかくなら、宵がここにいることで、環も幸せになってほしい。仁や他の男たち、宵を虐げていた他の大人たち、そして両親、の幸せを祈るのは、まだ宵には難しかった。だが環は、宵を虐げたりはしなかった。環の前では他の村人も宵への当たりが和らいだ。それに環は、宵のことを、好いてくれていた、気がする。言葉にして確かめたことなどないが、同じ両親から、同じ日に生まれた、たった一人の妹なのだ。宵にとってはかけがえのない存在で、環にとってもそうだった、と信じている。

環。幸せでいてほしい。

物思いに耽《ふけ》りながら、鏡を眺めている。いつの間にか、鏡は水面から、別のものを映していた。誰か、若い娘の顔だ。暗くて、造作がよく見えない。ただ、泣き叫んでいることとがわかる。

これは、私？

鏡なので一瞬、宵はそう思った。しかしそんなわけがない。顔を触っても、自分はそんな顔をしていない。では、これは誰だ。何故自分だと思ったのだろう。見たことがない娘なのに。

違う。知らない娘ではない。

これは、環だ。

はっとして、宵は鏡に顔を近づけた。宵も手伝って丁寧に手入れをして伸ばした美しい長い髪は乱れ、白い肌は荒れている。でも、これは環だ。顔の造作が自分に似ているから、見間違えたのだった。見たことのない表情をしている。泣いているところは何度も見たが、周囲も宵も、そして環自身でさえどこか慣れてしまったような嘆きだった。諦めるための、他のことを考えないための嘆き。でも、この顔は違う。環は今まさに苦しんで、泣き喚《わめ》いている。身も世もなく、諦めるためではなく、何かを変えるために泣いている。そして、誰かを呼んでいる。誰だろう。こんな顔で環が呼ぶ相手が、わからない。

鏡が突然水面以外を映したことと、環の見たことのない様相に驚いたが、よく見ると、環は濡れそぼっているようだった。髪も肌もすっかり濡れている。雨に打たれているのだろうか。雨に濡れている環も宵は見たことがない。環はあまり出歩くこともなかった。大切に守られていたし、逃げることを恐れてのこともあっただろう。雨の日に外に出るはめになっても良い笠を使って、ほんの短い間だけだ。環は大切に大切にされていたのだ。そうではない環の姿に、宵は衝撃を受けた。環がこんなふうになるなんて、村はどうなっているのだ。環が守られていないなんて。

村の様子が知りたい。

宵の望みに応えるように、鏡に映るものが変わった。鳥の目のように、空から村を映し出している。

「何……これ……」

ぞっとした。これが本当に村の様子だとは信じたくなくて目を凝《こ》らすが、見知った家ばかりだった。雨足が強い。痛めつけるように降り続けている。水路が溢れ、作物どころか土もほとんどもうだめになっているようだった。家も雨のせいで傷みが見えているが、修復がうまくいっていない。何より、村の脇を流れる川。その水位が見たこともないほど上がっている。上から村を見ることなど初めてだが、こうして見ると村の土地は低く、このまま川が溢れたら沈んでしまうのではないか。鏡に映る村はあまりにも小さく、簡単に壊せてしまいそうに見える。人の営みはあまりにも儚い。

これは鳥の目ではなく、神の目なのだ。

「み、水鏡、様……」

どうにかしてほしくて、宵は神の名前を呼んだ。呼ぶと、ほっとした。そうだった。水鏡は神なのだ。村を守ってくれる神。きっとなんとかしてくれる。

「どうした」

後ろから声がして、宵は心底ほっとした。振り返ると、水鏡が優しく微笑んでいた。

「これは見たことのない書物だな。琴についてか。一緒に読もう」

鏡に映るものが目に入らないのか、琴の教本を手に取ろうとする。宵は慌てて首を振った。

「水鏡様、あの、村が、」

「ん？　ああ」

水鏡は優しく微笑んだ。そして、優雅な動作で手を振った。鏡に映っていた村の景色は搔《か》き消えて、都の景色に変わった。色鮮やかな着物の娘たちが舞い踊っている。楽し気な娘たちは、普段の宵なら見ているだけで心が躍ったろう。こんなときでなければ。

「嫌なものを見ることはない」

「嫌なもの……って、そんな、村が、雨が、」

「うん？」

慌てる宵に、水鏡はただただ優しく微笑んでいる。

水のように美しく優しく、水のように重く、冷たい。

「だって、村が……あのままでは、沈んでしまいます」

ただそのまま屈してしまいたい圧力に抗《あらが》い、震えながら宵は言った。水鏡ははたはた、と白い睫毛を瞬いた。その下にある淡い水色の瞳。人ならざる色彩。人ならざる美しさ。

水鏡は言う。

「それの、何が悪い？」

「え……？」

水鏡は宵の前に座り、宵の小さな白い顔を両手で包み込んだ。

「宵。可愛い私の妻。お前はいい子だ。よい娘。よい人間」

大きな手のひらは宵の頬をすっぽりと覆ってしまう。そこにはただ優しさだけがあった。小さく、自分の意志で何とでもできる弱い存在に対する、純粋な優しさ。水鏡と言うこの大きな存在に、宵は掬い上げられ、認められた。だから優しくされている。

それ以外は、どうなる。

「遠い昔、私はこの国を母上から託された。私は一つの勤勉な家族を選び、この国の政を任せた。選んだ人間たちがよかったのか、この国は栄えていった。私はほとんど何もすることなく、ただこのみなそこでまどろんでいた。集まる人間を避けるために、湖を守る役目を村に与えた。役目の代わりに、この村には私の加護《かご》を与えた。天候は穏やかで、作物はよく育ち、獣も人を避けるように、と」

水鏡は滔々《とうとう》と語った。感情が見えない滑らかな声。

「だが、間違っていた。こんな幼い娘をみなで虐げ、挙句《あげく》殺すなど、許されることではない」

違う、とは言えなかった。神の前で嘘をつけない。そうだ。村は確かに、宵を虐げ、殺した。その通りだった。

「村に湖を守らせ、私が村を守る。そう定めたことが、こんなことになってしまった。私が間違えたのだ。間違えは正さなくてはならない」

間違えを正す。宵はようやく思い至った。

「水鏡様が……あの、雨を？」

いいところに気付いた、と子供を褒めるように水鏡は目を細めた。

「そうだ。一度壊して、また作り直す」

「え……」

否定してもらうことを期待した問いだった。宵はもう考えが追い付かない。

「人選を間違ったのだ。このあたりに住んでいるというだけで目に入ったものにそのまま頼んでしまった。次はもう少し慎重にやる」

「だって……そんな……そんなの……」

宵は駄々《だだ》っ子のようにただ言った。水鏡の言っていることが理解できない。この雨は、水鏡が降らせている。村は水鏡の不興を買い、見放されている。

「や、やめてください」

「やめない」

渇いた喉でどうにか絞り出した宵の哀願を、穏やかに、しかし即座《そくざ》に水鏡は断る。宵の頬から両手を外す。

「なぜよりにもよってそんなことを言う？　あの村に苦しめられたのはお前だろう。あの村のものたちはお前が心を砕《くだ》くのに値《あたい》しない」

「だって……だって……だって……」

水鏡は首を振って立ち上がる。

「育った場所だから情があるのか？　だが、あの村は腐りきっている。悔い改めることもやり直すこともできまいよ。どうしようもないものは、壊すしかない」

宵はもう言葉が出ない。ただ涙が出た。泣いている理由が自分でもわからない。

滲んだ視界で、水鏡が微笑むのが分かった。水鏡の微笑みはやはり優しい。宵が自分の意見に賛同しなくとも、水鏡は失望したりはしない。その懐《ふところ》の深さが、余計に宵は恐ろしかった。こんな方を怒らせるというのはどういうことなのか。降り続く雨。どうすればいい？

「もう考えるのはやめてしまえ、宵。楽しいことだけをしよう」

楽しいことだけを。水鏡は鏡に色々なものを映した。賑わう都の市。馬に乗り弓の練習をする若者たち。王城の貴人。だが宵の気が逸れるわけがない。都の賑やかな様子を見ていた宵は思いついたことを呟いた。この国に、これだけの人がいるのなら。

「だ、だれかが、村を、助けに来てくれるかも……」

「来ないさ」

水鏡はそう言うと鏡に一人の男を映し出した。豪奢《ごうしゃ》な冠を被《かぶ》った中年の男だ。腰かけて、何かの紙を真面目な様子で読んでいる。小柄で痩せているがどこか芯の通った強さのようなものを感じさせる容貌で、ただ者ではないことが察せられる。派手ではないが何もかもに手がかかっている部屋に、見覚えのある鏡があった。今宵が見ているのと同じ形の鏡。

「今の王だ。この鏡とそこに映っている鏡で通じ合うことができる。村の始末については、王にも話を通してある。新しく村を作る際には力になってくれるそうだ」

宵は呆然とした。

「助けは来ない。村はなくなる。諦めなさい」

水鏡の声に怒りはなかった。ただ優しく諭すだけだ。宵はその場で顔を覆い、ただ泣き崩れた。どうしよう。どうしてこんなことに。泣きなれていない宵の喉は締めあげられたような音を立てる。

「泣くな、宵。そんな泣き方をしないでおくれ。ほら、なんでも好きなものを用意しよう。

柿を剥いてやろうか？　泣くな、泣くな、宵」

困り切った声で、水鏡が宵の背中を撫でた。ひどく不器用な手つきだった。宵が泣いていることに、単純に動揺している。

この方が大切だ。

こんなときに、宵は思った。混乱しているからこそ、その思いはただ純粋だった。美しいからでも優しいからでも強いからでもなく、ただ水鏡というともに時を過ごした存在が、宵にとって大切だった。そして、自分が水鏡にとって大切な存在であることもわかった。こんなふうに色々なことが食い違っているときだからこそ、それだけははっきりとしているのだった。お互いを大切に思っている。それなのに、どうしていいのかわからない。

「やめて、くれないいんですか、雨、」

「やめられない」

宵が泣いて尋ねても、水鏡の答えは変わらない。村は神の怒りを買い、国にも見捨てられてしまった。それが答えだった。どうすればいい。

宵は涙に濡れた顔を上げた。喉がまだ引き攣っている。水鏡はその顔を心配そうに見つめている。

「宵……」

「私、私は……村を、助けたい、です」

助けてくれ、とは言わなかった。宵は助けを求めるのがもとより苦手だった。水鏡は宵の求めに応じてくれる。宵を大切に思っているからだ。だが、村を助けてはくれない。それは、村に虐げられていた宵を大切に思っているからだ。だから、もう水鏡に頼むことはできない。

でも諦めることもできない。

水鏡の言う通り、村は間違った。宵を幼いころからずっと虐げていたことも、宵を殺したことも、間違っている。だからって、なくなってほしくなどない。

「私が、助けます」

自分の言葉に宵は驚いた。そんなことが出来るはずもない。でもそうするしかないのだ。村を助けたいのは、ほかでもない自分なのだ。頼める相手はいない。だったら自分がやるしかない。

水鏡は妻が自分の意向に反しても、呆れるわけでも失望するわけでもなかった。弓型の眉を寄せて、戸惑っているようだった。

「そうか」

他に言うことがないのか、ただそう言った。宵はまだ濡れた顔をぐいと拭《ぬぐ》って、

「はい」

と答えると、その部屋から去った。

時間がない。どうすればいい。宵は書庫に向かった。書庫にはありとあらゆる本がある。だが何から調べればいいのかがわからない。以前国の歴史の本を手に取ったことを思い出す。宵の読み書きの能力では詳細までは読めなかったが、川の氾濫《はんらん》についての記述を見た覚えがあった。宵は記憶を頼りにその本のその箇所を確かめたが、大したことは書いていなかった。三日降り続いた雨で大きな川が氾濫し、ある町に大きな被害が出た、ということ。災害が起こった理由は書いていない。他の部分には水鏡と思われる神がある王の即位の際に虹を出したとか、都の火事を雨で鎮《しず》めた、あるいは山に逃げた罪人を川に引きずり込み溺《おぼ》れさせたという記述がある。この災害だけ書かない理由もなさそうなので、この件は水鏡とは関係のない自然に起こった災害だったのだろうと宵は推測した。ただこの雨も神の力で雨がとまったと書いてあった。水鏡は雨をやませることが出来たのだ。

水鏡は雨を降らせることができるし、やめさせることもできる。この雨をやめてもらいたい。どう言って説得すればいいだろうか。もので釣る？　そういう意識で水鏡の逸話をいくつか読んでみた。古くからこの国の民が水鏡に捧げたものは沢山あった。宝石。米。果実。琴や笛の演奏。詩。踊り。水鏡はそれらに喜び、褒美《ほうび》として祝福を与えることもあったそうだ。だが、水鏡という存在に身近に接している宵からすれば、水鏡が喜んだのは捧げられたもの自体ではなく、それを捧げた人の心のように感じる。長くはないとはいえ一緒に暮らしている中で、水鏡がものに執着を見せたことはない。水鏡が好きなのは鈴、そして、口にするのは憚《はばか》られるが宵、だ。赫天も含まれるかもしれない。水鏡は心を好む。鈴の純粋な心。宵は自分の心を美しいとは思わないが、無害ではあるだろう。赫天は水鏡に敵意に似たものを示すこともあったが、その心根は真っ直ぐだ。水鏡は従順《じゅうじゅん》さを求めるわけではない。宵の卑屈《ひくつ》さ、赫天のひねくれたところを楽しむ余裕もある。

宵は震えるため息をついた。

村はその心によって、その寛容な水鏡に見放されたのだ。

村は悪くない、と弁護することは可能だろうか。宵はまずそう考えて、不可能だと感じた。ここに来る前なら村のためと強弁《きょうべん》することもできたろうが、今の宵はそんな欺瞞《ぎまん》を信じることができない。村は、悪いのだ。あの頃の宵は自分が悪いと信じ込んでいたが、そもそも宵がどうであろうと、虐げられていい存在だったわけではない。罪は罪だ。

では村人に反省の意を示してもらうことは可能だろうか。

これはやりようとしては正しいように思うが、実現が難しいと宵は考えた。水鏡そのものが表に出てきて反省を求めるのであれば可能だろうが、水鏡はもうそんなことは求めていない。宵が反省するよう言っても、村人たちは聞かないだろう。それを求める宵に対してきつく当たるかもしれない。どうにか説得して表向きだけの反省を表明させたところで水鏡がそれに納得してくれるとも思えない。

「どうしよう……」

まともな方法が何も思いつかない。でも何かやらなくてはいけない。宵の目にまた涙が滲んだ。泣いている場合ではない。何か考えなくては。

「助けて……」

細い声で呟いて、自分を嘲った。助けて、なんて言ったところで、誰も助けてはくれない。村にいた頃は助けてなんて言うどころか思ったこともなかった。助けを求める相手など思い浮かばなかった。みなそこにきて、ようやく助けを求める相手を見つけた。だがここで、生まれて初めて宵を守ってくれると約束した水鏡の意に背《そむ》いてまで、やりたいことをしているのだ。それなのに、助けてだなんて、どこまでも甘ったれている。

「どうした」

宵は涙の滲んだ顔で振り返った。

「宵？　どうした。泣いてるのか」

「か、赫天、様……」

「どうしたどうした」

赫天はちいさな手で宵の肩を抱いて、よしよしと揺さぶった。器用だからだろうか。水鏡のそれよりも、小さな姿の赫天のほうが様になっていて、そんなことに気付く自分が滑《こっ》稽《けい》だった。

「か、赫天、さま」

「うん。どうした？　困ったことがあったのか？　水鏡にいじめられたか？」

赫天は真剣な面持ちで宵の言葉を待っている。宵は村のことを言おうと口を開いたが、うまく言葉が出てこなかった。

赫天様にもだめだと言われたら、どうしよう。

さきほど水鏡が村を見捨てたことを知った際の恐怖が蘇《よみがえ》る。

「宵？」

赤い瞳は真っ直ぐに怯える宵を見つめて、ただ言葉を待っている。

そうなったら、そうなったときの話だ。

不意に宵は思い切った。赫天がこの話を聞いてどう反応するのかなんてわかりようがない。拒否されたって構わない。もとから自分一人でやるつもりだったのだ。できることはするつもりだった。赫天に助けを求めることだって、その一つだ。

「赫天様、あの、」

宵は話した。言葉を詰まらせ、ときどき泣きながら、自分が神の村で生まれたこと、妹が神の花嫁とされ、大切にされ、自分は虐げられながら育ったこと、儀式の日に妹に恋する男に妹の身代わりに殺されたこと、水鏡がそれを察し、村に雨を降らせていること、村に助けは来ないことを話した。

赫天は幼い顔の眉をぎゅっと寄せ、真面目な、時折険しい顔で、相槌を打ちその話を聞いた。

「そういうことだったのか」

「……はい」

慣れない長話にぐったりとした宵の肩を撫で、赫天は尋ねた。

「それで、宵はどうしたいんだ」

宵ははっきりと言った。

「村を助けたいんです」

「ふん？　なるほど」

赫天は考え込むように小さな唇を尖らせた。その唇を、宵は祈るような気持ちで見守る。

「俺には今、水鏡の雨を止めるような力はない」

「そう、ですか……」

力なくうなだれる宵に赫天が続ける。

「そもそもお前、村を何故助けたい？　水鏡ではなく、お前が一番怒ることだと思うが。放っておけばいいとは思わないのか？」

問われて、自分でもうまく答えを見つけられなかった。

「村、みんなに、いじめられていたわけじゃ、ないですし、」

「じゃあ水鏡にその相手だけ助けてもらうように言えばいいだろう」

その通りだった。おそらく水鏡はそれは聞き届けてくれるだろう、と根拠《こんきょ》はないが宵も思う。

「何故お前を苦しめた村を、お前が救おうとする?」

わからなかった。宵には言葉が見つからない。赫天は宵の答えを待っている。燃える炎の瞳。どこまでも整った顔。神の顔。人を裁《さば》く存在の顔。

嘘がつけない。

「わかりません」

宵は正直に答えた。赫天は小さく笑った。

「わからぬ、か」

「わからないけど、助けたいんです。このまま放っておくことなんて、できない」

「うん、そうか」

赫天は頷いた。

「俺はお前より水鏡の気持ちのほうがまだわかる。お前を苦しめたやつらなどもっと苦しめばいい」

宵の目からまた涙が零れた。赫天はぽんぽんとその肩を叩く。

「ああ、泣くな、泣くな。わかっている。お前がそうしたいのなら、手伝ってやる。今の力では大したことはできぬがな」

「ど、どうして、ですか」

宵はただただ驚いた。たった今、説得に失敗したと思ったのに。

赫天は宵の頭を撫でた。しゃらしゃら、と、水鏡からもらった髪飾りが揺れる。

「お前は俺に、色々なことをしてくれただろう。握り飯を作ってくれて、一緒に木に登ってくれた。俺はお前が好きになった。だから、お前の望みを叶えてやる」

「したくないのに？」

宵の問いに、はは、と赫天は大きな口を開けて笑った。

「お前がしたくて、俺もしたいことをするのでは、お前のためじゃなく、俺のため、だろう。俺がしたくないことでも、お前が望むなら、叶えてやる。そうじゃなきゃ意味がない。宵、俺はお前を好いている。そしてお前を信じている。だから、俺の望みではない、お前の望みを信じてやろう」

みなそこにやってきてから、水鏡と赫天の言うことがうまく理解できないことが宵にはよくある。悪意と軽蔑以外の感情が自分に向いていることを、うまく受け止められないし、その内実をすぐには理解できない。このときもそうだった。赫天の言うことが、宵にはまるで理解できなかった。説明されたのに、わからない。何故してくれるのだろう。

理解できない。だが、こういうときになんというべきかは学んだつもりだ。

「ありがとうございます、赫天様」

「うん。俺はいい男だろう」

赫天は照れ臭そうに小さな顎を上げている。宵はつい笑った。

「はい。本当に」

赫天は涙の中の晴れ間に似たその宵の笑みにつかの間見惚れた。それから、誤魔化すように可愛らしい咳《せき》ばらいをした。

「さて、宵。今の俺は力が弱まっているので水鏡の力で降らせている雨をやませることはできない」

「はい」

「だが、お前ならできるかもしれない」

「え？」

赫天は宵の髪飾りに触れた。水色の石が水鏡の瞳を思わせるその髪飾りは、常につけていてもずれることもない。宵の頭と髪にぴったりと合っている。神の花嫁の証。

「お前は神、水鏡のたった一人の花嫁だ。神の伴侶《はんりょ》は、神と同じだ。お前は水鏡の力を分け与えられている」

まったく知らないことだった。

「力……？」

「覚えはないか？」

そんなものはない、と言いかけたが、心当たりは、あった。

宵は琴の弦で作った水鏡の傷を治したことがあった。あれはごく小さな傷だったが、人間には絶対にできないことだった。みなそこならそういうことが起こってもおかしくはないと受け入れていたが、原因は場所ではなかったのかもしれない。

赫天は力づけるように頷いた。

「お前なら雨をやませることができるかもしれない。やってみろ」

言われて、咄嗟に宵は雨がやむように、祈った。だが、なんの手ごたえもない。水鏡の傷を癒したときには、言葉に出来ないが、自分の何かが外側に作用している、という手ごたえがあったのだ。今は何もない。ただの無力な祈りと同じだ。

「……できません」

宵は無力感に打たれていたが、赫天は想定内と言う様子で頷いた。

「そうか。だが、できるはずなんだ。そうだ。ちょっと待て」

赫天は本棚から一冊の本を取り出した。探すというより、そこにあると初めから知っていたような手つきだった。

「これはここから随分北にある国の神について書かれている。神と民の距離が近くてな、神から直接聞き取った話が書いてある。そして、こやつには妻がいる」

「妻……」

赫天は頷いた。

「国を任されすぐに娶って、今は夫婦で神として国を治めているはずだ。何かお前の助けになることが載っているかもしれない」

「は、はい。あ、ありがとうございます!」

おざなりの礼を言うと宵は飛びつくようにしてその本を読みだした。堅い文章だが、宵でもなんとか読むことはできた。舞台になっているのは宵が聞いたこともない国だった。国境を接していない国のことは名前も届かない。雪深い国で、神はその中でもっともよく働く女を王とした、と書かれていた。その国では代々王は女がなるものらしい。止まない雪の中で暮らす方法など知らない風習が興味深く隅々まで読みたくなったが、そんな場合ではないと自制して、事実だけを拾うように読む。宵の隣にぴったりと貼りついて、赫天も文字を追う。

「何をしている」

水鏡の声がした。

「宵、俺が相手をする」

振りむこうとする宵を赫天が制した。宵は頷いて、記述を探す手を止めなかった。

「水鏡、お前、雨を止めろ」

唐突に告げる赫天に、水鏡はため息をついた。

「お前までそう言うか」

「宵の望みだ。俺は宵の味方だからな」

「私も宵の味方だ。そして、弱い存在の。だから私の加護を受けながらそんなことをしていた者たちを許せない」

「村人はお前のために神の花嫁をよこそうとしていたんだろう」

「ああ、呆れた話だ」

「お前が望んだんじゃないのか」

まさか、と水鏡は言った。

「馬鹿げた誤解だ。あれは三百年前、湖に親とはぐれた子猫が落ちてきた。そんな小さなものは間違って落ちてきてもそのまま溺れてしまうところだが、たまたま私は地上の満月に見惚れていてな、拾ってやることができた」

「鈴のことか？」

「そうだ。愛くるしい、よく懐く子猫で、鳴き声がみなそこによく響くので鈴と名付けた。みなそこに引きこもって退屈していた私にとって、鈴はよい慰《なぐさ》めになった。当時の村長に何かほしいものはないかと尋ねられて、ちょうど満月の夜に可愛らしい娘を拾ったので何もいらぬと答えた。するとまた寄越《よこ》すというのでもう三百年はいらないと断った。鈴がいれば、三百年は無聊《ぶりょう》が慰められると思ったのだ。実際、私と鈴はそれだけの時間、仲良くやってきたしな」

水鏡の話に、赫天も宵も聞き入っていた。

「まったくふざけた話だろう。宵が飛び込んできたときは驚いたが、事情があって自分からやってきたのかと考えた。本気で生きた娘をよこしてくるなんてありえないだろう。そんなことのせいで宵は虐げられて、挙句殺されてしまったわけだ」

水鏡は寄せた眉に嫌悪を露にしていた。宵も初めて知った村の伝承の事実に驚かざるを得なかった。実際、馬鹿げた、ふざけた話だ。村はそんな冗談にずっと怯えて、振り回されて、娘ひとりの命を犠牲にしようとしていたのか。

水鏡は続ける。

「三百年前から、いや、最初からすべて間違っていたんだ。こんな村は作り直さなくてはならない」

「宵はそれを望んでないぞ」

「意見の相違だな。だが、意見が違っていてもともに暮らすことはできるだろう。私は宵をこれからも大切にする。意に添えなかったことは謝る。そうやって長いときを過ごしていく。私は宵を妻にしたのだから」

水鏡の言葉は、宵には甘く響いた。腐りかけた果物に似た酩酊《めいてい》を伴《ともな》う危険な甘さ。実際、宵は自分を虐げていた相手とだってともに暮らしていたのだ。水鏡の意見はちゃんと道理が通っているし、水鏡は宵を大切にしてくれる。宵が弱いものを虐げるような真似をしなければ、水鏡はずっと宵を尊重してくれるだろう。

でもやはり、それには従えない。

「水鏡様」

宵は振り向いた。水鏡はどこか途方に暮れたような顔を自分の妻に向ける。水鏡にとって憐れな弱い守るべき妻は、すでにやや手に負えない存在になっていた。

「私は村を守ります」

宵。湖に落ちてきた、珍しい痣のある娘。ひどく怯えて俯いている。水鏡がこの娘を妻にしたのはこのまま死なすほど悪い人間には見えず、そして痩せこけた傷だらけの手足があまりにも憐れだったからだ。みなそこで永《なが》く永く過ごしてきて、伴侶のことなど考えたこともなかった。誰が妻でも同じ。ならばこの娘でもいい。それだけの気まぐれだった。あの日落ちてきた小さな痩せこけた子猫を助けたのとそう変わらない。ただ眷属《けんぞく》としてみなそこに留めおくことが出来る猫と違い、人間である娘を助けるには伴侶にするしかなかっただけだ。選んだのではなく、状況の必然性が結びつけた婚姻。

本当にそうだったのだろうか。

水鏡は過去の自分を疑った。今、妻は、震えていた。水鏡の不興を買うことを恐れているのだろう。澄んではいるが常に悲し気な影が去らない瞳が、涙で厚く覆われている。水鏡自身のものと似た着物に包まれた、以前よりはましになったとは言えいまだ折れそうに華奢《きゃしゃ》な体は殴られるのに備えるように竦んでいる。それでも、弱々しいまま、射るように水鏡を見つめている。その姿には確かに何かがあった。永い時を生きてきた水鏡の奥深くに沈むものを揺り動かすものが。

宵に出会って初めて、水鏡は宵に怒りを覚えた。その感情が不快で、顔を背けた。

「……好きにしろ」

視界から外れる一瞬の間に、宵の顔が頼りなく歪んだ。その痛みが移ったかのように、水鏡の胸もひどく痛んだが、知らぬふりをした。

地上では雨が降り続けている。

6、抗う

環は宵を呼び続けていた。

「姉さん……姉さん……」

雨に打たれ続け、唇まで冷え切っていた。

姉はもっと冷たかったに違いない。

湖の底に沈んだはずの宵を呼ぶことは、環にとってもっと別の何かを呼ぶことでもあった。この十六年、何かをなす大人になるのではなく、捧げられる生贄として成長するだけの時間、見ないようにしてきた色々なもののこと。そのために踏みつけにされてきた姉のこと。姉を呼ぶことは自分の罪への罰のように感じた。だが、そんなことをしたところで、もうきっと戻っては来ない。湖に向き合っていると思い知らされる。環は濡れそぼった自分の体を、濡れた自分の腕で抱きしめていた。何もかもがどうしようもない。取り返しがつかない。

「環」

降りかかる水滴が一度止まった。笠を被せられていた。

「……仁」

姉を殺した相手だと思っていてもなお、仁が来てくれたことに安堵を覚えた。その自分の心の動きにも嫌悪を感じる。姉にはそんな相手は誰もいなかったのに。

「すまなかったな」

雨が二人の何かを剥ぎ取ったのか、仁はさきほどより弱々しく見えた。

「何が？」

「もっとうまくやれたらよかった」

仁は宵を殺したこと、それに男たちを巻き込んだことには後悔を感じていない様子だった。仁らしい、と環は思う。

昔環の手にした菓子を狙って烏《からす》が群れになったことがあった。混乱した環は菓子を離せばいいとも思いつかず、ただ泣いていた。そして仁は、飛び掛かる烏に石を投げて殺した。一切躊躇《ちゅうちょ》せずに。

驚いて涙が止まった環に怪我がないことを確認すると、仁は環の目から死体を隠して、何事もなかったかのように笑った。

忘れていたことだ。

「許せない」

環は呟いた。本心なのに、上っ面めいて響いた。自分の言葉は全部上っ面だ、と環は思った。死にたくない、とあれだけ泣き喚いて、結局自分は死なずに、一度も泣かなかった姉を代わりに死なせた。何もできなかったのは、何もしようとしなかったからだ。

「許さなくてもいい」

仁は言った。

「知ったからには、お前が俺を許さないのは知っている。それでいい。お前はそれでいいんだ」

仁は笑っていた。昼も夜もないほど暗い雨のなかで、眩しくてたまらないかのように目を細めている。何の後悔もない。ただ、ただ環を想っている。

環はもうどうしていいのかわからなかった。時間が戻ればいいのにと願った。あの満月の日の前、姉が生きていて、自分が生きていて、仁がまだ罪をおかしていないときに。

「どうして姉さんを殺したの、姉さんが憎かった？」

また上っ面めいた問いを、ぼそぼそと呟いた。冷えた喉を酷使《こくし》したせいか、環の声からは弾むような明るさが消えていた。

「いいや。ちっとも。宵はいい娘だった」

仁は予想した通りに応えた。本心から言っていると環にはわかった。

「よく働いて、心優しい、いい娘だった。殺したくなんかなかった」

仁は宵を悼《いた》んでいた。使い勝手のいい労働力でも、村の感情の投げ込み先でもなく、よく働き、虐げられながらも妹の死に心を痛めていた宵その人を悼んでいた。

でも殺した。

あのとき殺した烏を、あとで仁が一人でひっそりと弔《とむら》っていたところを環は見てしまった。見てはいけないものだった、と感じたので、環は思い出さないようにしていた。

「お前のためだ」

「私はそんなこと望んでない」

環は雨の音にかき消されそうなほどの小ささで、ぶっきら棒に言い返した。

「そうだな。お前のため、なんて言うのは、嘘だ。俺のためだ。俺が、お前に死んでほしくなかった。お前と夫婦になりたかった。そのためならなんでもした。なんでもする」

仁の声も小さく、いっそ淡々としていた。この雨で、仁の多くのものが流されて行ってしまって、それでも変わらず残っているものがある。状況が変わっても、少しも変わることのない想い。

環はずっと仁に好意を抱いていた。明確な恋ではなかったが、環に恋する村の若者たちの中でも仁だけが特別な存在だった。仁を特別に近く、特別に親しく感じていた。もし自分が神の花嫁ではなく普通の娘だったら、仁の求婚を受け入れたろう、と夢想したこともあった。だが死を定めとして背負う環にとってその夢想は苦しかった。どんなに輝かしい未来を描いたところで、全部死に塗りつぶされる。

夢見ることさえ避けていた未来を生きる今、しかし環は仁と結婚する気は消え失せていた。この先何があっても、もう決して許すことができないだろう。仁が犯したのはそういう種類の罪だった。

でもこの未来も、この罪も、全て環を想ってしたことなのだ。環は決して、決して仁を許すことができない。でも、憎むこともできない。

「環、お前、神の花嫁になるのは自分のお役目だと言ったな」

「ええ……」

仁の求婚を突っぱねるときの話だった。

「お前がまだ村を守りたいなら、協力してほしいことがある」

仁は森の向こうを指差した。

「みんなを、村の北のほうに避難《ひなん》させたい。そっちは土地に高さがあるから。村は沈んでしまうかもしれないが、家財は捨てて身一つで行けば命だけは助かるだろう。どうするかはそれから決める。もう親父がみんなをまとめて出発しているはずだ。今から急いで合流してくれ」

「私がなんの役に立つの」

「一人で暮らしている年寄りの付き添いが足りない。お前の手を貸してくれ」

仁は環のことをよくわかっている。そう言われてしまえば断ることはできない。環の言うことだけはよく聞く老人が何人かいるし、健康な環なら軽い老婆なら背負うこともできるだろう。

村人たちを守るという役目を背負っていると環は信じて生きてきた。仁は環のその役目を信じてなどいないのに、うまく利用してくるものだと環は半ば呆れ、半ば感心した。

「森の土もぬかるんでいる。とにかく早く行って、みんなを逃がさなきゃいけない」

「わかった」

環は一旦、村の皆の命を守ることだけを考えようと決めた。湖に背を向けるとき、姉ならどうするだろう、と考えて、途端に悲しくてたまらなくなった。何も思い浮かばなかったのだ。環は宵がこういうときにどうするのかさえ、よく知らない。何を考えているのかも知らないまま、自分のために殺されてしまった姉。

「ごめんなさい」

仁の耳にも入らないほど小さい声で呟いた。これ以外にふさわしい言葉が思い浮かばないのに、その言葉も、どこまでも空々しかった。こんなこと言って何になる。きっとどんな言葉でも死の前では空々しい。

湖から村に向かう仁の後を追おうとした環は、不意に足を止めた。

「いたか……」

村から、男が姿を現した。

「おじさん……？」

幼い頃から環を可愛がってくれた壮年《そうねん》の男だった。さきほどまで村長の家にいた一人だ。何か伝言でもあってこちらに来たのだろうか。疑う環を男の視線から隠すように仁が前に出た。

「いたぞ！」

男が叫んだ。

どうしたのかと思っていると、森から男たちがぞろぞろとやってきた。仁が環の腕をつかんだ。

「逃げるぞ！」

「な、なに？」

戸惑う環の腕を引き、仁が走る。わけもわからず環は続く。

「殺されるぞ」

走りながら、仁がぼそりと呟いた。環の冷え切った手足に、恐怖が這《は》い上る。殺されるぞ。

まさかそんな、と思いながらも、走り出した。笠の陰になった男の顔が、環の意識の中で鮮やかになっていく。

「仁！　お前、村がどうなってもいいのか！」

「神様がお怒りだぞ！」

殺される。

仁は森の中を環を連れて逃げようとする。だが環の足は遅い。環は健康だが、村の娘たちに比べて動きが鈍い。大切に育てられた、と言えば聞こえがいいが、生贄として怪我がないよう、逃げないように、走るような遊びからは遠ざけられていたためだ。雨に打たれて体力を消耗《しょうもう》している環は、ぬかるんだ土と木の根に足を取られて転んだ。

「環！」

仁は環を大切に抱え起こす。その間に男たちに追いつかれる。

「環！」

「いい加減にしろ！　仁！」

仁は誰かに強《したた》かに顔を殴られた。食いしばるのが遅れて、頬の内側を歯が傷つける。雨の森の匂いが血に塗りつぶされる。人目があったのでできなかったが、武器になるものを身につけてきたらよかったと悔《くや》む。相手を殴り返そうとしたが、別の誰かに背を蹴られて土に倒れた。背を踏まれたまま環の方に手を伸ばす。痛みはほとんど感じなかった。ただ焦っていた。環、と呼ぶが、肺がつぶれて声にならない。

環は集まってきた男たちにとらえられ、羽交《はが》い締《じ》めにされる。

以前からは考えられないほど粗末な着物を着て、雨に濡れ、泥にまみれた環。白い手足はここのところの心労のせいか以前より細くなり、慣れない労働で小さな切り傷や痣がついている。手入れが行き届かなくなった黒い髪は乱れ、白い顔を半ば隠している。

その姿は、仁にある光景を思い出させた。あの満月の夜。男たちと共謀《きょうぼう》して宵を殺した。仁にとってはただ、必要なことだった。誰かを犠牲にしなくてはいけなくて、その誰かが環であることには耐えられないから、宵にした。

宵にはどちらかと言うと好感を持っていたが、他の誰かでは村人を納得させられないだろうから、いたしかたなかった。やりたくはないが、必要だからやらざるを得ない。宵は気の毒だが、環を生かすためには仕方がなかった。もともと村人が宵をひどく扱っていたのも、気の毒だが仕方がないと放っておいた。宵は素直な性質で、虐げられても反抗もしないので都合がよかった。いざ湖に投げ込まれようとしても、宵は環の話をすれば抵抗を諦めた。環の姉だけあって、優しいところのある、いい娘だった。最期のときまで、いい娘だった。可哀想に。宵が憐れだと口にすると、村人の罪悪感を煽ることになるのでできなかった。宵を悼む気持ちはあったが、一人で抱えていれば十分だった。

あの夜、仁以外の男たちは高揚《こうよう》していた。自分の罪と向き合うことを忌避《きひ》して、正しいことをしていると思いたがっていた。仁にとってはそれは弱い人間の逃げに過ぎなかったが、彼らの力を借りなければならない以上、その弱さを利用した。男たちが罪悪感から荒れ果てどこかに消えてしまっても、仕方がないと受け入れた。若い男手がなくなるのは村には痛手だが、自らの行いにさえ耐えきれぬ者を仁にはどうしようもない。

仁はそのように生きてきた。必要なもの。切り捨てるべきもの。切り捨てたときに心が痛んでも、耐える。耐えられない者のことは、諦める。

自分のありように疑問を持ったこともなかった。だが、今、環がこんな目に遭って、仁は自分がずっと間違えていたのかもしれないという思いが、痛みの中に降りてきた。理不尽を当然のことだと苦々しくも受け入れていたせいで、こんなところまで来てしまった。

「やめて、はなして！　はなして！」

環はあの日の宵と違い、大きな声で抵抗していた。自分がこんなふうに扱われていいはずがないと、当たり前のこととして信じている。

「静かにしろ！」

「お前が素直に死なねえから、村がこんなことになってるんじゃねえか！　散々いい思いしてきただろ！」

「死ぬからちやほやしてやってたんだろ！　この恩知らずが！」

この雨に鬱憤《うっぷん》が溜まってたのか、男たちは環を怒鳴りつけた。剥き出しの憎悪が鼓膜《こまく》を揺らす。環は絶句した。掴まれた腕は依然としてもがいていたが、抵抗する力も弱まる。

「たまきを、はなせ！　やめてくれ！」

仁は血と泥にまみれながら、どうにかそう言った。自分はあまりにも無力で、もう何もできない。頼んだところでどうしようもないのはわかっている。それでも言わずにいられない。

「うるせぇよ！　お前の勝手で神様怒らせたんだろうが！　どう始末してくれるんだ！若い男衆まで巻き込んで！　最初からこうしときゃよかったんだよ！」

「今、にげれば、いのちは、たすかる、はずだ」

は、と男の一人が笑った。仁を殴りつけた男だった。

「命だけ助かっても、これからどうなる。この村は神様の村で、だから他の村よりずっといい暮らしが出来てたんじゃねえか。なんで娘っこひとりのためにそれをなくして、知らない土地で周りに頭下げながら生きていかなきゃなんねえんだ。今からでも神さまに謝って花嫁を捧げたら、村だってきっともと通りになる。お前と環のわがままに、なんで俺たちが苦労しなきゃならねえんだ。そんなのごめんだ。さんざん振り回しやがって」

仁の背中を踏んで押さえていた足が、男の言葉に憤《いきどお》りを刺激されたのか体重を込めて背を踏みつけた。肋骨《あばらぼね》が何本か折れて、臓腑《ぞうふ》のいくつかが傷ついたかもしれない。血混じりの咳をした。

こんなときだと言うのに、笑いそうだった。自分は間違っていたのだとつくづく思い知らされた。

こんな村、救うべきではなかった。

環を無理に攫《さら》ってでも、逃げ出すべきだった。

そしておそらく、この村をこうしてしまった原因のいくらかは仁自身にあるのだろう。守っているつもりで、腐らせた。十六になったら美しく殺すために一人の娘を可愛がって育て、その全ての罪をその姉妹に被せて自分たちも被害者面をする。そうやって保った平穏が、村人の心をここまでおかしくしてしまったのだ。その報《むく》いを受けている。

環どころか、このまま自分も殺されるかもしれない。自分で被害が留まるかも怪しい。自分の父や、宵と環の両親にも鬱憤が向くかもしれない。雨がやんだとしても、村はもうおしまいだろう。

村の後継者《こうけいしゃ》として育てられた習慣で、ついそう思考を巡らせてしまう。だが、誰が死のうと仁はもうどうでもよかった。父も、環の親も、みんなろくでもない人間には変わりがない。憎くもないが、死んだって仕方がないと思いきれる。村の子供たちには多少申し訳がなくも思うが、しかし、基本的にはどうでもいい。

「やめて！　仁をはなして！」

失望に満ちた仁の胸に、その叫びが突き刺さった。

「私はちゃんと、自分の役目を果たすから！　神の花嫁として神さまのところに行くから！　だから、みんなは早く安全な場所に行って！　仁も放してあげて！」

環の声は、あたり一面に雨音を制して響き渡った。怒りと焦りで猛《たけ》りきっていた男たちの四肢から力が抜ける。諦め悪く手足をばたつかせていた環は拘束《こうそく》を振り切り、勢いあまって地面に転がった。転がったまま、

「仁を、はなして」

と言う。弱々しい声。雨に打たれて倒れ伏して、全身泥まみれで、ひどく見すぼらしい様子だった。

だが仁には、眩しくてたまらなかった。仁にとってずっと、環は光そのものだった。どこにいても、どんなときでも、光り輝いている。惹かれてやまない。自分のものにしたい。できないとしても、ただ見ていたい。守りたい。見返りなんてなくてもいい。ただ、生きていてくれたら。

「本当に、ちゃんとお役目を果たすんだな」

「おかしなことをしたら、すぐに湖に突き落としてくれて構わないから、仁を放して、みんなを安全な場所に連れて行って、ください」

頼み込む環に、男たちはお互いの顔を見合わせる。

「……最初からそうしてくれたらなあ」

「こっちだって乱暴したいわけじゃねえんだよ」

やはり、みな心が弱い。環に猫なで声で話す男たちに、仁の怒りが燃え上がった。こい

つらは、悪意でさえ自分で持っていられない。その弱さを、おそらく仁は幼い頃から憎んでいたのだ。可哀想だと言いながら、環ひとりを犠牲にすることに疑問を抱かない。自分たちが決めたことから目を背けるために抵抗できない宵をいじめる。そんな村にあっても環だけはずっと、弱くはなかった。環だけは自分の意志を自分だけで持ち続けていた。嘆きながらも運命を受け入れていた。決まっていたことだからではなく、村、周りの人々を、守るために。

男たちは先ほどまでの蛮行《ばんこう》を忘れたかのように、甲斐甲斐《かいがい》しく環を抱き起した。そうすれば本当になかったことになるかのように。仁の背からも足が外れる。仁は弱々しく咳をした。拳《こぶし》を強く握り、ふらつきながらも立ち上がる。その腕を男に掴まれた。

仁が渡した笠を揉み合いで取り落とした環は、周りをぐるりと男たちに囲まれて、小柄な身体がなお小さく見える。ふらついた、だが確かな足取りで湖に向かっている。どこか後ろめたく視線がさまよう男たちと違い、環はまっすぐに湖を見つめていた。湖と、自分がなすべきことを。その様を、仁は黙って見ていた。

あの満月の夜、白い花嫁装束に身を包み、何度も何度も母親がくしけずった煌めく黒髪と丁寧に化粧を施された華やかな姿とはまるで違う。だが仁には同じぐらい眩しかった。痛々しくて、愛しくて愛しくてたまらない。環を想うと愛しくて苦しい。いつも。

仁だって自分が村人たちとそう変わりないと知っていた。少しばかり人より持つ責任が重く、そのために思い切りがよくなっただけで、本当に強いものに抗う力も、自分の役目を本当に受け入れる強さも持たない。弱い人間だ。

環に恋した理由など、仁には思い出せない。記憶にもない頃から、誰よりも環が可愛かった。仁は平凡な村の男に過ぎない。たいした人間ではないのだから、その恋にもたいした理由などない。ただそんな自分がずっと環を愛して、諦めきれなかった理由はわかっている。環は仁の憧れだからだ。どこまでも愛らしい娘であり、仁が本当は持ちたかった強さを持っている。環の喜びも悲しみも、この感情さえ神の加護という名の下で飼い慣らされた村にあってどこまでも鮮やかだ。環を諦めることは、その光を諦めることだった。

森を出ると、村人たちが集まっているのがわかった。集まって、遠巻きにこちらを見ている。村長も、環の両親の姿もあるようだ。環の母の肩を父が抱いている。環はそれに気付いてはっとしたが、つらいのかすぐに目を逸らした。二人とも、嘆いてはいるが環のほうには来ない。

環は湖のほとりに向かう。この場で仁だけが知っていたが、ちょうど宵が沈んだ場所だった。仁から見える環の横顔は、もう悲しみを通り越したのか、どこまでも澄んでいた。笠もなく雨に打たれ、静かに細い顎をあげて立つ環を誰もが見守っていた。

環が死のうとしているのを。

仁を拘束する手もゆるくなる。その瞬間、仁は渾身《こんしん》の力で相手を蹴り、拘束を振り切った。立ち上がった際に握りこんだ土を環の一番近くにいる男の目を狙って投げつける。

「環！　逃げろ！」

環は黒い目を瞠《みは》って、ただ立っている。

「こいつっ……！」

仁に蹴られた男が殴りかかるが、想定していたのでうまく避ける。男たちは環を放って仁に殺到した。男たちの怒りが、雨の中で煙になって立ち上る。

逃げてくれ、環。

仁は祈りを込めて環に視線を送った。環はただ立ち竦んでいた。逃げるなんて発想は出てこない。環はここで逃げたりはしない。わかっていた。

もともと弱っていた仁は誰かの拳を避け切れず、よろけた先でまた蹴りつけられた。襤《ぼ》褸《ろ》切《き》れのように痛めつけられる。このまま自分は死ぬだろう、と、はっきりわかった。頭で考えるのではなく、身体がそう言っていた。

でも環を見捨てて生きるぐらいなら、死んだ方がましだ。

こんなふうにしかできなかった。宵を殺したのに、環を助けることもできなかった。でも、お前を助けられないとしても、一人で死ぬのを見ているなんて、できない。

環は仁に走り寄ろうとして、気付いた男に羽交い締めにされていた。泣きながら何かを叫んでいる。男たちの怒号と耳鳴りでよく聞こえない。その声を聞きたい。お前の声を聞いて死にたい。でももうお前が俺のために悲しんでくれたから、それで充分だとも思う。大した望みを持っていたわけじゃない。ただの村人として、ただの村娘のお前と夫婦になりたかった。

それが出来ないのなら、お前にただ生きていてほしかった。

それさえ叶わなくて、お前の生をほんのひと時延ばすためだけに、死のうとしている。自分の生きざまも死にざまも、こんなものだろう。少しでもお前のためになるのなら、上等だと言ってもいい。

でもお前を救うことが出来ないことが、ただ、つらい。神の花嫁を救いたいだなんて、仁の身の丈には合わない望みだ。だが消えない。どうしたらいいのか考えたけれど、少しもわからない。

仁はただの村人だ。環は救えない。奇跡でも起こらなければ。

そのとき、風が吹いた。いや、風ではないのかもしれない。あたりに満ちていた気配、空気が、そこから入れ替わるような奇妙な感覚。

その場にいた全員が一点に集中した。湖の上のある一点。そこに何かがあるわけではない。だがそこには、目には見えない部分で感じるものが、予感があった。ここから、何かが起こる。見たことのないような何かが。

例えば、奇跡のような。

まず、その場所だけ湖面が静かになった。何もないのに、その場所だけ雨が遮られている。

村人たちが見守る中で、その場所に、白い何かが現れた。布だ。白い長い衣をいくつも重ねている。人の姿をしている。

雨の中に突然現れたのに、長く伸びた髪も衣もまるで濡れていない。というよりも、そのものが水であるかのよう。柔らかく揺らぎ、澄み切っている。

神だ。

老人から子供まで、村人みながそう直感した。そこに神がいた。みなが膝を折り、見守っていた。

神は何も言わずにゆっくりと白い片手を上げて、雲を見遣った。長い髪と一緒に水色の石で出来た髪飾りが揺れる。

厚い暗い雲があっさりと千切れ、色を薄くする。雨粒が小さくなり、霧のようになる。雲の間から日が差した。雨に慣れた目にはそれだけで涙が出るほど明るい。日の光を村人たちは忘れていた。その明るさに呆けている内に、霧雨はさらに細かくなり、空気に溶けた。湿っていた空気が風に吹き散らされ、瑞々しい晴れの匂いがする。

雨がやんだ。

光は神を照らしていた。黒い長い髪。ほっそりとしたしなやかな体。神は女、娘のかたちをしていた。誰もが初めて見る神の姿。だがどこか、見覚えのある容貌をしている。日に照らされた白い小さな顔。その右半分を覆っている、青いもの。見覚えのある痣。信じられない。

雨がやんだ安堵と感謝が、ゆっくりと驚愕《きょうがく》と恐怖に移り変わっていく。その中に、環の声が響いた。

「姉さん！」

神が環を見つめる。見たことがないほど豪奢な衣装に、堂々とした佇まい。だが、それは宵だった。かつて村全体で虐げ、殺した娘。

7、知る

赫天に探し出してもらった本を読んでも、神の伴侶の力についての記録はほとんどなかった。それでも宵は懸命《けんめい》に探した。そしてようやく、ある記述にたどり着いた。雪深い国の神が親しい神の元を訪ねて行った際に、伴侶が一人で国に残っていた。ある地域で雪が降りやまず、伴侶は棲家のある都から一人でそこに赴《おもむ》いて、雪をやませた。それ以来、その地域では神と言えば伴侶のほうを指す、という伝説だ。神の伴侶が天候を操作している。

だがどうやったのかはここには書いていない。

宵は飽きて書庫の床に寝っ転がっていた赫天を強引に揺り起こし、その部分を読み聞かせた。

「ここから何かわかりますか?」

「うん、うん」

赫天は何度も頷き、

「要するに、直接赴くことが必要なんじゃないのか」

とこともなげに告げた。よくわからないと顔に書いてある宵に説明する。

「神ならおそらく、国の天気はどこにいても操れるが、伴侶は違うのかもしれない。この伴侶はこの話の時点で婚姻からかなり時間が経っていて、国の儀式にも参加していたんじゃないか」

「そう……ですね」

これまで読んだ内容を思い出して頷く。

「それで自分の力について何も知らなかったとは思えない。だから、直接赴いたというのはそうしなければいけなかったからだと思う」

赫天の説明は理屈が通っていると宵は思った。すぐさま宵は村に行けるように祈ったが、やはり出来なかった。

「焦るな。鏡の場所を知っているか？」

「え、はい」

「地上に行くには鏡が必要だ」

「わかりました」

早速立ち上がる宵に赫天はついて行く。

水鏡の自室に向かったが、水鏡は留守だった。罪悪感を持ちながらも鏡を見ると、水面は雨に打たれていた。

「……行きます」

「大丈夫か。顔が強張《こわば》っている」

赫天に気遣われて、自分の中の恐怖に気づいた。人間が今の自分に危害を加えることはできないことはわかっている。だが、怖い。また悪意を向けられたらどうしよう。村人たちに会うのが怖い。

でも行かなくては。

「……大丈夫ではないですけど、行きます」

「ついて行きたいが、今の俺の力では無理だ。ここでお前を待っている」

その赫天の言葉が、宵の強張りを解いた。誰かがいる、と言うだけで、これだけの力になるなんて知らなかった。村人に、両親に、何を言われても平気だ。自分には赫天が待っていてくれる。

「はい」

「行ってこい」

宵は口を結んで頷くと、鏡に意識を向けた。雨に打たれた水面は、この上の湖のものだ。目的の場所と、自分の間に道を作る。鏡を前にすると、不思議とどうしたらいいのかわかった。

行かなくちゃ、行って、みんなを助けなきゃ。

「行くのか」

後ろから水鏡の声がした。いつからいたのだろう。声には怒りも、失望もなかった。

「行きます」

宵の答えにも、もう迷いはなかった。誰が止めようと、行く。相手が水鏡であっても。

「そうか」

そして、宵は地上に向かった。

自分を虐げ、殺した村を救うために。

「行ったな」

赫天が、鈴を抱いた水鏡に言う。水鏡は鈴を撫でまわしながら、首を傾げた。

「……何故だ？　見捨てたらいいだろうに」

「俺もそう思う」

赫天が言い、水鏡はどこか不服そうに唇を結んだ。その様を赫天が笑う。

「だがなあ、それが人間というものだろう」

「お前は人間が好きすぎる」

「そうか？　……そうだな。それで失敗した」

赫天の国が荒れたのは、民が富を求めて宝石や金銀ばかり追い求めたからだった。国の最後の王は気性が激しく、調子に乗りやすい男で、どの国よりも豊かになりたいと望んでいた。赫天は王の求めに従って、鉱脈《こうみゃく》を教えてやった。国はますます栄えた。だが富んだ貴族たちは民を思いやることを忘れた。民は酷使され、人心は荒廃し、国土も荒れた。そうしていくつもの火種を抱えた国は、大規模な噴火を引き金に徹底的に壊れてしまい、赫天も力を失った。生まれてこの方ずっと燃えていた自分の炎がほとんど消えていくのを感じながら、家を追われた民たちが口々に自分の名を呪うのを聞いていた。

愚かなことをしたものだ、と、当時の水鏡はほとんど赤子の無力な赫天に言った。人の欲望は限りない、言いなりになればこうなるのは当然だ。過ぎた祝福を与えればそれに慣れて怠惰《たいだ》になり、うまくいかなくなれば挙句神を恨むようになる、と。すっかり幼くなった赫天は反発し、みなそこで世話になりながらもほとんど顔を合わせることもなかった。

こうなる前から水鏡と赫天の関係はよくはなかった。嫌い合ってはいなかったが、赫天は豊かで穏やかな国土を持つ水鏡を妬《ねた》んでいたし、水鏡は誰に対しても隔てのある性質だった。

今になって、赫天はこれまで語らなかったことを話した。どうせ誰にも理解されるはずもないと内に秘めていたことを、よりにもよって水鏡に話すことになるとは。しかし水鏡以外に語るにふさわしい相手もいなかった。

「あやつは愚かな王だった。人の上に立つべき資質に欠けていた」

「ああ」

「だがな、国を豊かにしたいと本気で思っていたんだ。あやつにとって、国は民で、国が富めば、民にもいい暮らしをさせてやれると、本気で信じていたんだ」

だから諌《いさ》めることができなかった。あの王は本気で夢を見ていた。現実がその夢からあまりに逸れてしまっても、その夢に固執《こしつ》していた。赫天はその夢に魅せられた。その結果、民を苦しめてしまった。そして、その民に王は殺された。

「それが、どうした」

「どうもしないさ。ただ、俺は人間が好きで、宵が好きだ」

にに、と、水鏡の腕で鈴が鳴いた。

「お前もそうだよな」

赫天は鈴の顎を撫で、それから水鏡を見上げた。

水鏡は小さく眉を寄せ、何も言わなかった。

「姉さん！　姉さん！」

環は宵を呼んでいた。呼びながらまた涙を流した。さきほど、雨の中で悲痛に呼び続けていたのと同じ相手を、日差しの中で呼んでいる。

「生きていたのね……」

環の涙はきらきらと輝き、声は喜びに満ちていた。宵はおそるおそる、環のほうに歩み寄った。

「姉さん、ごめんなさい。私、何も知らなくて……」

環は感極まっているが、宵はなんと言えばいいのかわからなかった。久しぶりだからというのもあるが、そもそも環とまともに会話をした記憶自体がほとんどなかった。

「ごめんなさい……本当に……」

泣いている環は泥だらけ、傷だらけで、宵はなんとも言えない気分になった。あの環がこんな目に、と痛々しく思うが、かつての自分はさらにみすぼらしい姿だった。環と自分を引き比べる自分も奇妙だった。ここから落とされたときから、自分の心もずいぶん変わっている。

環、と声を掛けようとして、宵は他の村人たちの様子に気付いた。

現れて雨を止めた神が宵であることを知った村人たちは、無言でお互いに目くばせをしていた。両親はさすがに後ろめたいのか、村人たちに隠れようとじりじりと後退している。宵と目を合わせるのを避けるような態度。罵倒は想像していたが、そんな態度は想像していなかったので、宵は困惑した。

「ねえ、よいなの？」

大人たちの無言のざわめきを破って、高い声が響いた。

一人が声を出すと、次々と子供たちが声を上げる。

「宵！　宵だよね！　帰ってきたの？」

「よい！　おかえりなさい！」

「前にひどいことしてごめんなさい！　また一緒に鬼ごっこしよう。もう鬼ばっかりにしないから」

「宵が帰ってきたらあげようと思って、お人形作ったの！　それで一緒に遊ぼう！」

「おれもいちばんよくまわるこま、よいにやる！」

宵は呆然とその予想外の言葉を聞いていた。どう答えていいのかわからない。罵倒以外の言葉を村人たちから期待していなかったのだ。

「やめなさい」

「静かにしろ」

宵の無言の様子が恐ろしいのか、大人は自分たちの子供を小声で制して、後ろに下がらせる。

「宵」

低いしゃがれた声が宵を呼んだ。地面に倒れたままの男だった。顔が泥で汚れているうえに腫《は》れあがっていて、宵は彼が誰なのかわからなかった。

「環と村を助けてくれて、ありがとう」

口の中を怪我しているのか歯が折れているのか、声も変わっていたが、その言い方で、男が仁だとわかった。他の村人たちと違って、仁は宵に怯えておらず、その礼にも嘘の気配がしない。仁に礼を言われるなんて思っていなかった。それに、怪我がひどい。一体ここで何があったのか。

想定外のことが多くあり、宵は声がうまく出なかった。雨をやませるほかは何も考えていなかったのだ。その態度を見た村人は、勝手に疑心を募らせた。

「仁が、こいつが宵……宵、様、を身代わりにしようって決めたんだ」

「村の若い男衆をこいつが集めて……他の人間はなんも知らなかったんだ」

「こいつを痛めつけてるところに来てくれたんだから、やっぱり怒ってるんだろ」

「ちゃんとこいつに始末をつけさせるから、村をもとに戻してくれ」

宵が混乱しているうちに、男たちが仁を引き立たせた。仁はふらつきながらも素直に従った。

「そうだな。俺が決めた。宵、悪かった」

仁はしゃがれた声で、だがいっそ清々しいほど潔くそう言った。宵が神になったのなら、環は助かると仁は確信していた。仁は宵の善性を信じていた。環さえ助かるのなら、自分は本当にどうなってもいいのだ。

男たちは仁のその様子にも苛立つようだった。散々手こずらせた仁に罰を与えたいのに、死罪を言い渡されてもまるで平気に見える。仁のその超然とした、自分たちとは違うもの、もっと高尚なものを見ているような態度が、馬鹿にされているように感じた。

身を投げようとよろめきながら湖に向かう仁の膝を、ある男が後ろからしたたかに蹴った。

あっという間の出来事だった。宵が反応する前に、仁の姿は湖に没した。

「ひ、仁！」

男たちの様子にうろたえていた環が声を上げた。水しぶきを立てると、もう何もなかったかのように湖面は静まる。

宵は声を上げようとした。どうしてこんなことになってしまうのだろう。だが何を言えばいいのかわからない。

「だから言っただろう」

聞きなれた声とともに、風が吹いた。湿った重たい風。宵が散らした雲がまた集まり、日の光を遮る。また、雨が降ってくる。宵がとっさに手を伸ばして止めようとしても、力がうまく使えない。自分より遥かに重いものを押すような、あるいは自分よりも力が強いものに逆から押されているような感覚。無力だ。

「水鏡様……」

「この村は、腐りきっている」

みなそこから現れた水鏡は、その両手に仁を抱えていた。痛めつけられ湖に落とされ、憔悴《しょうすい》しきっているものの、息があるようだった。湖のほとりに横たえると、環がそこに駆け寄った。

再び水鏡が降らせた雨はさきほどよりもよほど強かった。一粒一粒が重く、村人たちを打つように降る。そのなかで、宵と水鏡だけは濡れることもなく立っていた。その有様は人間たちには異様で、畏怖《いふ》を呼び起こした。

「この者たちは弱っているものを犠牲にして神に媚《こ》びようとする。何度救ったところで、同じことを繰り返すだけだ」

「それは……」

宵が水鏡に何か答えようとしていると、村人たちの一部が森に向かって駆けだした。それ以外の村人は、膝を折ってうなだれている。水鏡の話す内容は強い雨音に遮られて聞き取れないが、自分たちはもうすでに神から見放されたのだとようやく諦めたようだった。

「あれは……子どもたちです」

宵が逃げていく一団を指さした。

「子どもたち？」

「親が、あの子たちだけを逃がしたんです。村人には自分では歩けないおばあさんを背負っている人もいます」

「……それがどうした」

水鏡の表情は硬い。だが宵は、不思議と水鏡がもう恐ろしくはなかった。

水鏡はつめたい態度をとることで、こう主張しているように見えた。

人間に失望している。

そして、こう願っているように見えるのだった。

人間を信じさせてほしい、と。

「あの人、仁は……もともと神の花嫁になるはずだった私の妹の環を助けるために、私を湖に沈めました」

「……助けねばよかったか」

「でも、ああやって私を殺すことを決めた仁が、たった一人だけ、私にお礼を言ってくれたんです。そして、自分のしたことの報いを受けようとしていました。やり直せないなんてこと、ないと思います」

仁に駆け寄った環が、弱った仁を雨から守ろうと、覆いかぶさっていた。環もずいぶん弱っているのに。

そうだった。環はいつも優しい。その優しさが宵を救うことはなかったが、十六で死ぬ運命を言い渡されていたのに、いつだって優しいまま育った妹を、宵は今になって、誇らしく思う。

「私も……私も、妹が神の花嫁になるって決まっていたのに、そういうものだと思っていました。環が死んでしまうのを、そういうものだって受け入れて生きてきたんです。だから、私も村のみんなと同じです。同じように弱くて、卑怯《ひきょう》です」

ようやく宵は自分の感情を理解した。村を見捨てられなかった理由。生まれ育ったので愛着があるというのも、もちろんある。それ以上に大きいのは、村にいた頃の宵も罪を犯していたからだ。宵もまたずっと環を見捨てていたのだ。閉ざされた場所では、人の心はすぐに歪む。村を見捨て、それが正しいと信じて、安穏《あんのん》と暮らすことは、できない。それは自分を殺した人たちと同じ罪を背負うことだ。自分の罪だけは許される罪だと言い訳をして、運よく逃れたからと蓋《ふた》をして生きていきたくはない。

「それは……」

「村に罰を与えるなら、私にも罰を与えてください。もしも私を許してくれるなら、村のことも許してください。私は、村の人たちもやり直せると思います」

宵は環に雨から庇《かば》われている仁に近づくと、そっとその頬に触れた。もう虫の息の仁は小さく瞼《まぶた》を動かしたが、声を出すこともかなわない。

「……姉さん？」

怪訝な環に構わず、以前水鏡を癒したのと同じ要領で力を使う。

傷が癒えていく。宵の見慣れた仁の顔が、痛みのない体に戸惑うように目を開く。

「……宵？　お前が……治してくれたのか？」

「ええ……」

「何故？」

仁はただ単純に、理解できない様子だった。宵の力のことも、宵に誰にも頼まれていないことを行う意志があることも、そして何より、恨んでいるはずの自分を治してくれたことも。

あんまり酷い怪我だったから見ていられなくて、と宵は答えようとしたが、いつの間にか、自分でも思いがけないことを話していた。

「村長の家で、集まりがあると……ご飯を、多めに残るようにしてくれていた、でしょう。助かった、から、恩返し」

残り物が多くなるようにしていたのは、今はもうない仁の母が始めたことだった。仁の母は村の外から嫁いできたので、村の風習に馴染み切らぬところがあった。表だって庇うことはなくとも、宵が憐れだったのだろう。母が亡くなってからも仁の家では特に理由もなく、なんとなく続けていた習慣で、片づけに呼ぶ宵がそれを食べているのは知ってはいたが、宵のためにやっているとも思わなかった。仁にとって、宵は本当に、気の毒ではあってもなんでもない存在だったのだ。

そんなことを恩だと語る宵。仁は強烈な哀れみと、強烈な後悔を感じた。宵が生きた一人の娘だったのだと、初めて実感した。冷えた死にかけた体が生き返って、隅々まで血が巡るように、新しい感情が巡る。これまでとはまるで違う感情が根底にあり、生まれ変わった気がした。

自分に覆いかぶさる環を起こしてやり、仁は座ると、深々と宵に頭を下げた。ぬかるんだ地面に額をつける。

「宵……本当に、すまなかった。本当に、本当に……」

どう表現していいのかわからない。言葉で言いつくせることではなかった。

その横で環も頭を下げている。

村人たちも頭を下げていた。

いつの間にか、あれだけの雨が弱まっていた。宵は水鏡を見る。水鏡は黙って宵を見つめていた。途方に暮れたようなその姿。宵は隣に行き、その片手を握った。水鏡は妻の手を握り返すことはなかったが、拒むこともなかった。

「雨、やませますね」

「……好きにしろ」

突き放すというより、負けを認めたような言い方。宵は片手を上げて、力を使った。さきほどは宵の力を押し返す力を感じたものだが、今度は雲にすみやかに力が届いた。宵の力を待ち構え、受け入れるような感触だった。

雲が吹き散らされ、日が差した。晴れがましいというよりも、穏やかな日が、雨で荒れ切った地上を照らしていた。川が流れる音が地面を通じて低く響いている。常にない速さ、恵みではなく脅威となる水の音だった。

「先ほど川は溢れた」

水鏡が言う。

「田畑は没し、村人の家は壊れた。水が土を削り、もとの村の大半はもう水が引いても帰れまいよ」

淡々と水鏡は語った。その声は大きくはないのに村人たちみなの耳に届いた。彼らの棲家はもうない。

「私はただこの湖で静かに過ごしていたかっただけだ。この湖が荒れるのを防ぎ、人々の喧騒《けんそう》から遠ざけてくれる代わりにお前たちに加護を与えていた。私は生きた娘を花嫁になど望んだことはない。お前たちは自分たちが加護を失うことを恐れて、一人の娘を犠牲にすることにした。それだけでも度《ど》し難いのに、お前たちは寄ってたかって一人の娘を虐げて、挙句殺した」

村人の頭はさらに低くなる。

「お前たちはどうしようもなく愚かだ。私はお前たちを許すことができない。本当はお前たちの全員が息絶えるまで雨を降らし続けるつもりだった」

水鏡は言葉を切り、自分を見上げる宵に目をやった。

「だが……だが、そうだな、私の妻の妹と、その罪深いが勇敢な男に免じて、お前たちの命までは奪わぬことにした」

村人たちに安堵が満ちる。

「娘。環と言ったか」

急に名を呼ばれ、環の肩がびくりと震えた。

「顔を上げよ」

環がおそるおそる顔を上げる。水鏡は感心したように小さく笑った。

「私の妻に似ているな」

「双子……ですので」

「お前にこの村を治める役目を与える。私の妻とともに村を立て直せ」

村人たちがざわめいた。

「え？」

何を言われているのかすら理解できていない様子の環を置いて、水鏡は仁を見た。

「氾濫で水が引くまでに土を削り、元の地形には戻らないだろう。村人みなが元と同じ場所に住むことは適《かな》わぬ。村から川を挟んだ向こう側に、もう一つ村を作ってそこに住め」

水鏡の指し示す方を見て、宵は地形を頭に思い浮かべる。川の向こう側は、何もない土地だ。宵も行ったことがない。すぐそこに見えるが橋は下流にあって遠く、行き来にも時間がかかる。

「お前はそちらを治めろ」

「はい」

「元の村より厳しい暮らしになる。村人の選定はお前に任せる」

「畏《かしこ》まりました」

水鏡の提案は唐突だが、全てを承知しているかのように仁は肯《うけが》った。

「そして」

水鏡は村人たちに向き合った。目の前で巨大な力を使ったからというのもあるだろうが、白く美しい神の持つ、人知の及ばぬ迫力に村人たちは声も出ない。

水鏡は告げた。

「お前たちはこの湖を守り、弱いものを助け、みなが幸福になる村を作れ」

保身と自己正当化や驕《おご》りは神の脅威によって押し流され、今はただ疲れと恐れに満ちていた村人たちの心に、その言葉は染みわたった。

水鏡はこの言葉で話を終えた。

「正しく生きろ」

村人たちはみな平伏していた。だからその頭上に淡く虹がかかっていたことは、宵と水鏡だけが知っていた。

8、夫婦

村の再興は少しずつ進んでいった。村人たちはまず近隣の村に身を寄せた。環と他の少数の働き手は元の村の一番被害が少なかった家を修復し、そこを拠点として、少しずつ村人が帰れるようにしている。避難先は村が栄えていた頃には不作の際に食糧を融通《ゆうずう》していたため、しばらくは面倒を見てもらえるようだ、と環は言った。

宵は湖で頻繁《ひんぱん》に環、あるいは開拓先に一人で雨を凌《しの》げる小屋と言えぬような小屋を建てて暮らしている仁から報告を受けている。神の伴侶になったとは言え姉として宵を扱う環と違い、仁は宵にもう敬語と恭《うやうや》しい態度を崩さない。距離のあるその態度に気まずさもあるが、基本的には心地よい。村人たちは消沈してはいるものの、水鏡の言葉が響いているのか、今のところ真摯《しんし》に働いているようだ。

宵は仁から聞いた開拓状況を環に話した。宵はこの二人はそのうち一緒になるのだろうと思っていたのだが、環は仁に会おうとしないし、仁も環の話を聞こうとしない。今は接点を持たないことが、暗黙のうちに二人にとって重要なことになっているのだろう、と宵は考えた。

　色々な問題は山積みだが、環は人の上に立つのに向いているようで、昔よりも生き生きとしている。失敗はしても、決してめげず、いつも明るい。一つの目的に向けて環と話し合う機会は、宵にとっても楽しい。

「これ、姉さんに。前の家から出てきたの」

　湖からの帰り際、環が宵に櫛を渡してくれた。やや古ぼけてはいるものの、木が細かく彫りこんであり、丁寧な仕事の櫛だ。

「これは……」

　環の持っていた櫛かと思った。ほとんど同じものを昔から環は使っていた。だがよく見ると木の節の模様の出方が違うし、使い込まれた環の櫛とこの櫛は色合いも違っている。

「父さんと母さんが、私たちが生まれる前に用意したものらしいの。双子だろうとわかっていたから、女の子ならそのまま、男の子だったら将来のお嫁さんに渡してあげようって」

　では、これは自分のものなのだ。奇妙な気分で櫛を受け取り、まじまじと見つめる。環の櫛を手には取っても高価なものをまじまじ見るとあさましいと叱られるので細かい意匠《いしょう》は知らなかった。この櫛は四季おりおりの花と鳥で飾られていた。若い夫婦はどういう気持ちで生まれてくる双子にこれを用意したのだろう。母の胎内で環と身を寄せ合っていたとき、両親は確かに自分を愛するつもりでいたに違いない、と、その若々しい華やかな細工が宵に告げている。

「父さんと母さんが、何も言えることはないけど、姉さんにって」

仁の指示により、姉妹の両親は元の村とは違う方に割り当てられた。あれから宵は両親とは何も話していなかった。何も話すことはない気がしたし、聞きたいことも何もなかった。両親を責めるのも、両親を許し愛を乞《こ》うのも、どちらも宵にとってはある意味では本心で、ある意味では嘘になるとわかっていた。ただ黙っているしかない。

「姉さんには、必要ないものかもしれないけど」

水鏡が用意した、華美ではないが全てが極限まで洗練されている装いの今の宵に、気後れしたように環は言う。宵は首を振った。

「いいえ……持ってきてくれて嬉しい。本当に、ありがとう」

宵の目には一度も映ることはなかったが、両親は宵に、憎しみや軽侮《けいぶ》以外の感情も持ってはいたのだろう。その事実がとても嬉しいわけでも、これまでの傷が癒えるわけでもないが、ただそのまま整理しきれぬ感情として持っておこうと決めた。

「姉さんは、今、幸せ？」

環が尋ねる。宵は微笑んだ。

「ええ」

「よかった」

「環は？」

聞き返すと、環はにこっと笑った。かつてのように着飾ってはいないが、その笑顔が何よりの装いだった。

「本当に幸せ」

その屈託《くったく》のなさは、まだいくらか宵を戸惑わせるが、同時に好ましい。昔感じていた後ろめたさと羨ましさとは違うものだった。宵は、環が好きだった。ほんの幼い頃、大人の目が届かないとき、二人で一緒に遊ぶでもなく、話すでもなく、ただ身を寄せ合ってじっとしていたことがあった。環があまりにも自分に似ていることも、環が自分とは違う存在であることも、どちらも同じぐらい嬉しく楽しかった。あの頃とはもう何もかも変わってしまっていても、その気持ちはまだ宵の中にある。

「よかった……環も、みんなも、体に気をつけてね」

櫛を大切に持って宵が言うと、環は、

「姉さんも」

と言った。

「おかえり宵」

みなそこに帰ると赫天が迎えてくれた。胸元に鈴を抱えている。このところ、赫天はまた成長した。ふっくりとした頬の線がすっきりしてきて、そろそろ声変わりが始まりそうなほどだ。

「ただいま帰りました。赫天様、鈴」

鈴の眉間《みけん》をくすぐると、にに、と懐いてくる。宵はそのまま書庫に向かう。環から村の再建についての課題を聞いているので、参考にならないかと文献を調べてまとめているのだった。

「今日も調べものか？」

「ええ。すみません」

宵は眉を下げた。この頃は地上の村の時間に合わせて過ごしているので、なかなかに忙《せわ》しない。赫天や鈴と遊ぶ時間が取れずにいるし、赫天が今はいいと言ってくれたので料理もしていない。もともとみなそこでは食事はせずとも支障はないのだ。

「いい。最近鈴が俺のことを気に入ってきたみたいだしな。仲良く過ごしている」

赫天が鈴の顎を撫でる。鈴は心地よさそうに目を細めている。宵の接し方に感化されたのか、身体が成長したことで触れ方に余裕ができたのか、鈴は本当に最近赫天に懐いている。前は渋々付き合っている雰囲気だったのが、今は撫でられると心地よさそうにしているのだ。それに赫天も有頂天《うちょうてん》になっている。

「では鈴のこと、お願いしますね」

「任された！　行くぞ鈴」

赫天ははしゃいでいるが、鈴は素知らぬ顔で口周りを舐めている。宵はくすくす笑った。すっかりくつろいだ気持ちで、地上よりも自分の住む家はここなのだなと感じる。

村の現状について聞いたこと、思いついたことを書きつけておく。仁も独自にまとめているとは言うが、宵の目から見たことも書いておかないとすぐに忘れてしまいそうだ。そのあと土木についての本を読み、役に立ちそうなことを書き出しておく。読むのも書くのもそれほど得意ではないので、一つ一つに時間がかかる。背を丸くして、必死に文字を追う。

「宵」

赫天に呼ばれて、自分がすっかり没頭していたことに気付いた。みなそこでの身体は疲れぬわけではないが人のそれとはまったく違うものなので、つい時間を忘れてしまう。

「赫天様。何かありましたか」

「お前の顔が見たくなって」

「あら」

宵は笑って赫天の頭を撫でようとして、すっかり大きくなっていることを思い出して躊躇った。顔の作りもまだ幼さを残しているが、表情は神らしく成熟どころか老成してもいるので、もう子供のようにも見えない。

「なんだ。俺がいい男だから照れているのか」

茶化してくれるのが助かるようにも思う。

「そうかもしれません」

「ふん。早く慣れろ。あっという間にどんどんいい男になっていくぞ」

笑ってしまうが、それを見つめる赫天の眼差しが優しくて、ただの冗談とも思えなくなりそうだ。

「それはともかく、忙しいか？」

「いえ、これも急ぎではないので」

「では、ついてこい」

筆を片付けると赫天について行く。ついたのは広間で、水鏡が鈴を抱えて座っていた。

「水鏡様」

「うむ。……元気か、宵」

「はい」

実は、水鏡とはこのところあまり顔を合わせる機会がなかった。村のことで話をしたり意見を求めることはあるものの、なんとなく気まずい雰囲気になって、用件以上のことが話せない。

「宵、座っておけ」

赫天が言うので、宵も座る。赫天も座ると、ぽん、と手を叩く。影が膳を運んできた。

「宵のために俺が作った」

「え」

「水鏡もまあ、食べてもいいぞ」

膳には握り飯と宵がよく作る魚の焼きもの、山菜の汁、芋の煮物、それと柿があった。

水鏡の膳はそうでもないが、宵の膳は形よく綺麗に盛られている。いつの間にこんなに上達したのだろう。

「お上手です」

「見た目もいいが味のほうがいいぞ！　早く食べろ」

赫天が言う前から、小皿に魚や柿を盛られたものを鈴は食べだしている。

「いただきます」

「いただこう」

宵はゆっくり、一つ一つ味わうように食事をした。そんなふうにものを食べるのは初めてかもしれない。味のほうがいい、という言葉の通り、とても美味しかった。宵が教えたことをちゃんと守って作ったことがよくわかる。赫天の好みなのか宵が作るよりどれも少し味が濃い。それも、赫天の手を感じて好ましい。ゆっくりと食べているつもりだが、あっという間に膳は空になった。赫天が影に下げさせる。鈴は満腹になったのか丸くなって寝ている。

「美味しかったです。本当に。ありがとうございます」

「そうだな。なかなかうまかった」

水鏡も素直に褒めている。

「そうだろう。また作ってやる」

「あら……」

「俺は宵を喜ばせてやりたいんだ。宵が好きだからな」

赫天の率直な言葉に、宵はただただ照れた。

「おい、赫天。いささか馴れ馴れしいぞ」

「俺と宵の仲に今更馴れ馴れしいもなにもあるか。なあ、宵」

「ふふ、はい」

「村のことが終わって、俺が力を取り戻したら一緒に火の国で暮らすのはどうだ。握り飯もたんまり握ってやるし、火の国でも柿は獲れる。あと火の国は細工物が得意だからな、お前をたっぷりの金剛石《こんごうせき》と橄欖石《かんらんせき》で飾ってやろう。きっとよく似合う。水鏡と暮らすのは息が詰まるだろう」

赫天がこんなことを言うのは以前から度々《たびたび》あり、冗談として受け流せていたが、今は難しかった。あの日湖で許してもらったとは言え宵は水鏡の意に背いたことへの後ろめたさがまだあったし、そのあとそれを解消する機会もなかった。

宵は水鏡の方を見られなかったが、水鏡の顔を確認した赫天は楽し気に笑った。

「そんな顔をするならいつも優しくしろ。俺にもわかってきたぞ。お前のそういうところがよくないんだ」

「何を言う」

「お前はちょっとでも気に入らないことがあったら放り出してしまう。少しでも自分の考えと違う相手と話し合うのを諦める。鈴ぐらいとしか本当にはうまくやれないんじゃないか？　お前の国が富んでいるのは、お前が選んだ王がたまたま勤勉で優秀だっただけだ。村だってお前がもっと関わっていればああならなかっただろう。いい木だって放っておけばうまくは育たない。お前が最初に選んだのだから、お前が責任を持って面倒を見るべきだろう」

「む……」

絶句する水鏡を置いて、赫天は宵の方を向いた。

「なあ宵、そう思わないか」

宵はちらりと水鏡を確認した。水鏡は押し黙っているが、怒っているわけではなさそうだ。おそるおそる、宵は言う。

て起きる。

水鏡が思わず、という様子で宵を呼んだ。尋常ならざる気配を察したのか鈴が伸びをし
「宵……」

「まあ……そう、思いますけど」

宵は申し訳なくなったが、しかし嘘をつくわけにもいかない。

「私は……弱い人間ですから、強い相手の言うことがすごく大きく聞こえるのは、よくわかります」

村にいた頃は、誰かの些細な機嫌にもいつも気を遣っていた。何がないとか腹が減ったとか、そういうものを放っておくと殴られたり、雨の中閉め出されたりするかもしれないからだ。

実感のある宵の言葉に、水鏡の表情も変わる。

「水鏡様がどういう方なのか、村の人たちも知っていたら鈴のこととか……そんな誤解、しなかったと思いますけど……」

「こいつ、ずっと放っておいたからな」

赫天の言葉に頷くのはさすがに憚られたので、自分の言葉で続ける。

「水鏡様に助けてもらってから、私は前とは違って、色んな力を使えるようになって……そうなってから、村の人が私の言葉をすごく重く扱うようになったのを、感じます。私は

前とは違うふうに振舞わなくちゃいけない。強くなったら、強くなった分の責任があるんだと思うんです」

「宵は、私はその責任を果たさなかったと？」

真正面から尋ねられ、宵はひるんだが、頷いた。

「そうか……そうだな……」

水鏡は考え込んでしまった。赫天は大人しく手足を舐めていた鈴をひょいと抱えあげる。

「心当たりがあるなら、もう少し二人で話し合え。癪《しゃく》だが、宵はお前の妻なんだからな」

「そうだな。私のたった一人の伴侶で、私も宵のたった一人の伴侶だ」

水鏡も調子が出てきたようだ。赫天はつんと尖った形のいい鼻に皺《しわ》を寄せた。そういうところにはまだ充分に幼さがあり、宵には可愛くてならない。

「ふん。まあいい。宵、水鏡が気に入らなくなったらいつでも言え。一気に成長してお前を連れ去ってやる」

そんなこと許されるものだろうか。

宵が苦笑している内に、赫天は鈴をあやしながら立ち去った。水鏡と二人で残される。目が合うと、水鏡は気が抜けたように笑った。宵もつられて笑い、それから何故か、泣きそうになった。自分とこの美しい神は、確かに通じ合っている。水鏡の笑みには宵と話せることへの安堵が見えた。宵が感じているのと同じものだ。

たった一人の伴侶。

赫天を煽るための水鏡の言葉が、時間差で宵の胸に届く。

この方は、私の家族なのだ。不幸による偶然で結びついたとしても、この方が私の、たった一人なのだ。

「赫天は、料理がうまいな」

「そうですね。驚きました」

「元来器用な性質なのだろうが、お前のためだな。本当に、このままではあっという間に元の力を取り戻すだろうよ」

「そうですか……」

喜ばしいことなのだろうが、寂しくもある。成長しきっても赫天が冷たくなるとは思えないが、今のような付き合いは望めぬだろう。親の子への思いとはこんなものだろうか。

「お前は赫天と火の国に行くか？」

「え？」

思ってもないことを聞かれて、宵はぱちぱちと瞬《まばた》きをした。

「それは……赫天様の、冗談でしょう？」

「ふむ、まあ、そう思いたければそう思っていればいい。だが……」

水鏡は言いよどむように白い睫毛を伏せた。見たことのない様子だ。目尻の辺りが、ほんのりと赤らんでいる。

控えめな咳ばらいをして、水鏡は居住《いず》まいをただした。宵ももともと伸びていた背をさらに伸ばす。水鏡が自分を見つめているので、なんとか相手を見返すものの、何か気恥ずかしくて、逃げ出したくなる。水鏡が美しいのは初めから承知しているが、月や湖のような、自然の美しさに近いものだと感じていた。だがその頬が淡く紅潮しているだけで、美しさの意味が違ってくる。水の色の瞳は常より潤んでいて、そこに映る自分の顔も、見たことがない様相だ。

たった一人の伴侶。長い時を過ごす家族。

もしかしたら、それだけではないのかもしれない。夫婦、ということ。

すっかり首まで赤くした宵に、水鏡が告げる。

「私はお前を、どこにも行かせないよ。お前は私の妻だから……いや、そうではなく……妻は妻だが、そういう理由ではなく……私は、お前にここにいてほしいのだ」

「います」

水鏡が言い終わらないうちに宵は答えた。言葉とともに、一粒涙が零れた。水鏡は驚き、戸惑いながらもそっと傍に寄り、指で涙を拭ってやった。宵は赤い顔で、潤んだ瞳で、すぐ近くにある伴侶を見つめた。沈黙はしばらく続いた。

「あの、宵、」

「は、はい」

どこか焦ったような水鏡に、宵も焦って応える。

「その……お前に見せたいものがある。おいで」

水鏡は立ち上がり、背を向けた。宵もその背を追い、激しく打つ胸元を押さえた。これがなんなのかわからず、煩《わずら》わしくて早く落ち着いてほしい。水鏡に悟られたくない。けれどいつまでも、この動揺のなかにいたくもあった。

自室へと導いた水鏡の宵に見せたいものとは琴だった。しばらく見ていなかったので、宵には新鮮な気さえした。

「お前はこの頃村のことで忙しいだろう……本当は、私も見なくてはいけないのだろうが」

「いえ、私の村のことですから」

「そうか。困りごとがあればいつでも言え。私の村でもあるから」

確かにそうだ。宵は深く頷いた。

水鏡は琴の前に座る。その横に宵がちょこんと座る。こんな時間は本当に久しぶりだ。みなそこに来てからしばらく、宵と水鏡はのんびりとした日々を過ごした。そう長い時間ではなかったが、あの日々が宵を作り替え、すっかり違ったふうになってしまった。穏やかな優しい日々。それからまた時間が経ち、さらに色々なことがあり、色々なことが変わった。宵の村は流され、環や仁と協力し、村を再建している。

琴を前に二人でいるのは同じなのに、前とは違う。その違いを確かめたくて宵が水鏡を見ると、水鏡も宵を見ていた。以前、宵にとって水鏡は圧倒的に大きな存在だった。水鏡はこのみなそこそのもの、自分に新しい生をくれた存在であり、新しい生そのものだった。宵はそれを享受していた。何よりも大切な相手であることは、ずっと変わらない。でも、その大切、の言葉に含まれる意味が、変わってきている。どう変わったのか、うまく言葉にできない。言葉を見つけたいし、ずっと探し続けたい気もする。耳が熱い。

水鏡は微笑むと琴に向き合い、美しい手で琴を弾いた。宵は不器用な音が流れることを想像した。水鏡のあの不器用な音が、宵は好きだった。一つ一つの音を石にして取っておきたい。

だが最初の一音から違っていた。澄んだ音が静けさの中に弾け、消える間もなくまた美しい音が寄り添う。一つ一つの音が、水鏡の美しい指によって生み出される。初めは音自体の美しさに驚き、それからその連なりが美しいことに気づく。それぞれで美しいのに、寄り添うと一層美しい。

半ば陶然《とうぜん》となっていると、柔らかな音がそれまでの音を抱きしめるようにして、音は止んだ。みなそこの沈黙に、音が溶けていく。

音が石になるという逸話。不器用だったあの音が、磨かれて宝石になった。音曲の美しさは自然の美しさとは違い、磨かなくては輝かない。宵は音自体に、そして水鏡の研鑽《けんさん》にも心打たれていた。あの不器用な方が。

「なかなかだろう」

そう言って、水鏡は誇らしそうに、照れくさそうに微笑んだ。宵はただ頷いた。

「本当に……お上手、です」

宵は自分があまり言葉がうまくないことが悔やまれた。もっと伝わる方法がわかればいいのに。

「そうか！　そうか……」

だが水鏡は宵の簡素な言葉を喜んだ。子供のようにはしゃいでいる。見たこともない姿だ。

水鏡は琴をぽろぽろと爪弾く。すっかり指に琴が馴染んでいる。

「……ここで琴を弾きながら、色々なことを考えていた」

「色々？」

「ああ。本当に、色々だ。こんなにものを考えたことなどなかった。これまで私は何をしていたのだろうな。時間はあったのに、本当にすべてのことから目を背けてきた。ただまどろんでいた」

水鏡は微笑んでいるが、その口元にひどく重い後悔が滲んでいるようだった。宵は様々な文を読み、水鏡の過ごして来た永い日々に少しは触れた。それは宵には想像もできないような永い日々だった。

「赫天のこともな。預かったはいいものの、私の責ではないと放っていた。もっと前から取り組んでおけばよかった。村のことはお前に任せてしまったから、火の国の立て直しにいくらか力添えをしていた。立て直せたら国同士で競い合うのではなく、お互いの利益になるような関係を築けないかと都の方にも話をしている。そうすればお互いの国で何かあったときに、あそこまでひどくなる前に止めることもできるだろう」

「よいことですね」

「ああ、お前が来てくれなければ、考えもしなかった。私は国を治めるということが何もわかっていなかった……のだと思う。さきほどの話を聞いて、なおさら思った。そうだな……なんと言うか、賽《さい》を投げて、いい目が出なければ次の目を試せばいいと考えていたのだと思う。本当はきっと、悪い目が出ても、いいようにすることが私の務めだったのだろうな」

「そう……なのですか」

宵には水鏡の言葉はまだわからない。わからないなりに、大切にとっておく。ここに来てから、宵は大切なものが増えた。

水鏡はまた琴を爪弾く。

「いつからこうなったのかと考えていたんだ。我が事とは言え、前はここまでひどくなかったように思う。確かに赫天と違い、私はもともと騒々しいことが苦手だった。これは何か原因があるのではなく、もとからそうなのだと思う。母上から国を渡され、なんとか国を王に任せられるまでにすると疲れ切ってしまった。都を離れ、この湖に居を構え、村を作った。村人たちは素朴で、私は村の子供たちと戯れたり、老人と語らったり、祭りに出たりもしたものだ」

「はい」

「楽しかった」

「……はい」

それは宵が読んだ文献にも残っていた。どこまで本当のことなのかわからないが、民は今と違い水鏡を無邪気に慕《した》い、水鏡も民との交流を楽しんでいたふうに書かれていた。

「あるとき、私はある若者が気に入った。特別に優れた男だった……というわけではないのだと思う。人が人を評価する限りではな。しかし、なんだか楽しい男だった。話すこと、その表情、それがなんとも面白かったのだ。新鮮な感じがした。私はその男と話し、気に入ったので褒美をやった。都で作るようなちょっとした宝石の細工ものだ。男は恐縮していたが、受け取ってくれた」

男にとっては、そして村にとっては、とても、ちょっとした、ではなかったのだろう。

宵は水鏡の、楽しい思い出を語るには苦みのある眼差しから、結末が予想出来てしまった。

「男は村からいなくなったと聞かされた。旅に出たのだと。他の村人に聞いても理由は教えてくれなかった。私は……私は、何があったのか追及せず、ただ男が気まぐれで旅に出たのだと思い込んだ。何かがおかしいという疑問に蓋をした。私の気まぐれが起こしてしまったかもしれないことが恐ろしかったのだ。そして、人と接するのを避けるようになった。そうしているうちに、村人は私という存在をより大きなものに膨らませていった。より大きく、より恐ろしく」

宵は言葉が見つからず、水鏡の左手を握った。水鏡はその小さな手をそっと握り返した。

「それを薄々悟りながら……それでもただこのみなそこで、まどろんでいればいいいと思っていたのだ。私を慕ってくれるもの言わぬ鈴がいればいいと。村のことも、取り返しがつかなくなればまた賽を振ればいいと……間違っていた」

水鏡の悔いと痛みのある言葉に、宵は握った手に少し、力を込めた。水鏡も少し、力を込めてくれる。

「お前が私を変えてくれた」

水鏡は右手で宵の頬に触れた。

「見るべきものを見ず、やるべきことから逃げ、自分とは違うものを避ける癖に退屈している。そうやってどうにかただ永い時間をやり過ごしていた。それ以外に、どうすべきかわからなかった。時間の長短は別として、そうやって私も、村のように腐っていくところだったのだ」

これは黙って聞いていることができず、宵は口を挟んだ。

「水鏡様は、優しいです。初めから、ずっと、ずっと……私みたいなのにも、優しかった。本当に、助けてもらいました。本当に……」

伝えられないものばかりだ。また涙ぐむ宵の頭を、水鏡は撫でる。

「ならば、お前を助けられてよかった。私にもよいところがあったようだ。宵、ここに来てくれてありがとう。ここは、退屈な場所かもしれぬが」

「そんなことないです」

「いや、これもな、考えていたのだ。私がこういう性質なものだから、何もない場所になってしまっている。他の神の棲家はもっと賑やかで……赫天の棲家も、賑やかなものになるだろう。それに比べれば、ここはお前を楽しませるものに乏しい。つまらぬ場所だろうなと思ってしまう」

「そんな」

宵からすれば、ちっともそんなことはない。みなそこは落ち着くし、退屈なんてことはない。ここよりいい場所はこの世のどこにもない。断言できる。どんなに煌びやかで、にぎやかな場所でも、ここよりいい場所はどこにもないのだ。

宵の眼差しの先に、水鏡がいる。白い髪。白い肌。白い衣。湖面の眸を持つ神。自分の夫。どこまでも美しい存在。

傷ついているともわからないほど傷つき尽くして、挙句に殺されてしまった宵を救ってくれた。醜いと信じていた痣を、ただそのまま面白がってくれた。命と心を大切にしてくれた。気まぐれであっても、妻に、家族にしてくれた。

すべてはここで起こったのだ。

「水鏡様がいるなら、私はどこにも行きません。ずっとここにいます。私がいたいのは、ここだけです」

「本当に？　赫天がお前を火の国に連れ帰ろうと望んでも？」

「だからそれは、赫天様の冗談でしょう。水鏡様を揶揄うための」

「お前が言うならそうかもしれないが、万が一赫天がお前を望んでも、私は決して、決して、お前を行かせはしないぞ」

起こるはずのないことを否定するのは赫天に失礼、と思っても、宵はその水鏡の言葉が嬉しかった。

「……誰に何を言われても、どこにも行きません。水鏡様が私を望んでくれるなら」

付け加える。

「もし、水鏡様が……私を、いらないと言っても、です」

仮定の話でも声が震えた。

「言うものか」

「それでも、絶対に、どこにも行きません。ずっとここにいます」

皆のためと言われて、宵はかつて自分の命さえ手放した。その相手も特別大事ではなかったけれど、自分の命と未来はもっと粗末だった。

水鏡に出会って、宵は以前よりずっと、世界が広く美しいものだと知っている。きっと優しい人も、宵の痣を肯定してくれる人もいくらでもいるのだろう。想像できる。それでも、わざわざその相手を探しに行きたいとは思わない。水鏡よりも大切なものはない。水鏡に否定されても、水鏡がくれた傍にいてほしいという言葉の一つ一つを根拠にして、なんとしてでも縋りつくだろう。また胸が激しく打つ。知らなかった感情。

本当はもうわかっている。この感情が何なのか。

二人は見つめ合う。見つめ合うたびに、心が近づいていく。この先が恐ろしくて留まりたいと思っても、惹きつけられてしまう。本当はもっと近づきたいからだ。

水鏡の白い指が宵の痣をなぞる。この痣がなければ、出会うこともなかった。すべての感情が喉元で焦げ付く。小さな唇からは、熱だけが籠ったため息が漏れる。

「お前は……私だけの妻だ」

両手で宵の小さな頬を包み込む。

「もっと前に出会っていれば、もっと傷つく前に救ってやれたのに、と思う。妻にする前に心を近づけて、求婚できていたら……と、」

「……え」

高揚している水鏡の顔の美しさで、言われていることの理解が遅れた。

「……おかしいか？」

「お、おかしく、ないです」

「そうか……こういうとき何を言えばいいのか、私にはよくわからない。もっとふさわしい言葉があるような気がするのだが……ただ……傍にいてほしい。この先ずっと、何があってもお前に隣にいてほしい」

宵の喉の奥が焦げて、ため息よりも熱い言葉になって零れた。

「好きです」

宵の囁きに、水鏡は白い睫毛を瞬いた。

「好きです……水鏡様、ずっと、ずっと、ずっと、好きです。好きです。好きです」

自分の内にあったときは重かったものが、言葉になると軽くて不安になる。いくつもいくつも重ねないといけなくて、そうしていくら重ねても、本当は何も伝わらない。伝えたいのはこんなものではないのに、伝えてはいけないものだけが届いてしまう。

「うん」

ここまで来ても怯えながら、それでもどうしても言わずにはいられなかった宵に、水鏡は頷いた。眸に湛えた水が揺れる。胸に一つ大きな石を投げ込まれて、大きな波が立つ。そのまま奥に沈んで、欠けていた部分が埋まる。初めて知る。だがずっとこれが欲しかった。もう二度と失えない。

「私もだ。私も、お前が好きだ。ずっと。これまでも、これからも。ずっと。私の心の全て。私の妻」

水鏡の両手の中に、宵の小さな顔がすっぽりと収まっている。初めて見た時は、なんでもなかった。鈴がただの小さな猫だったように、宵もまた小さな憐れな娘でしかなかった。奇妙な痣が物珍しかった。それでもなんの迷いもなくこの娘を妻にしようと決めた。

そのときにはこの思慕は始まっていたのか？　そうかもしれない。水鏡にさえわからない。流れる水がかたちを留めぬように、思いもまた過ぎ去ったものの形は定かではない。ただわかるのは、今、この娘のあらゆるものが水鏡にとって、たった一つ、かけがえのないものだと言うだけだ。

「私がこれまでどう生きてきたのかを知り、この先の私を作ってくれ。私を今よりも、もっと良い神にしておくれ。琴を弾くほかにも、もっとお前を喜ばせたい。私をお前にとって誇らしい神にしておくれ」

もっと良い神。そんなものは宵には存在しない。今の水鏡で、どんな水鏡であってもいい。それが最上だ。でも宵はただ頷いた。水鏡が変わりたいと望むなら、きっとそうする。それを目指す。そして、二人で良い神になりたい。孤独にみなそこで暮らしていた水鏡の心を癒し、民と水鏡を繋ぎ、村を、この国を、よいものにしたい。赫天の成長を見守り、導き、水鏡の悔いを、もっと良いかたちで未来に繋げたい。

虐げられていたころの宵の痛みが、今水鏡といることで、大きな望みになってここにある。そして、宵の望みは、水鏡の望みだった。みなそこに来たときは、ここで穏やかに楽しむことだけが重要だった。そして宵の傷と水鏡の孤独が癒された今、二人で同じ望みを持っている。そのことが、信じがたいほど輝かしい。水鏡の思慕が宵の身の内を満たし、二人の望みは宵の存在を超えて、もっと大きなものを照らしている。

言葉に出来ない。

「はい」

だからただそう言った。

そのあと、みなそこに言葉はなかった。ただ言葉では伝えきれぬ思慕が、二人にしか知らぬやり方でやり取りされた。

水の神に愛された国があった。大きくはないがよく栄えた国だ。

その国のどこかに、ちいさな美しい湖がある。湖には神が棲んでいる。そして、神には伴侶がいる。もとは虐げられていた村の娘だと言う。

二つの神はよく民を愛し、導き、民もまた神を愛した。

そして神の夫婦はいつまでも、みなそこで仲睦まじく暮らしたという。

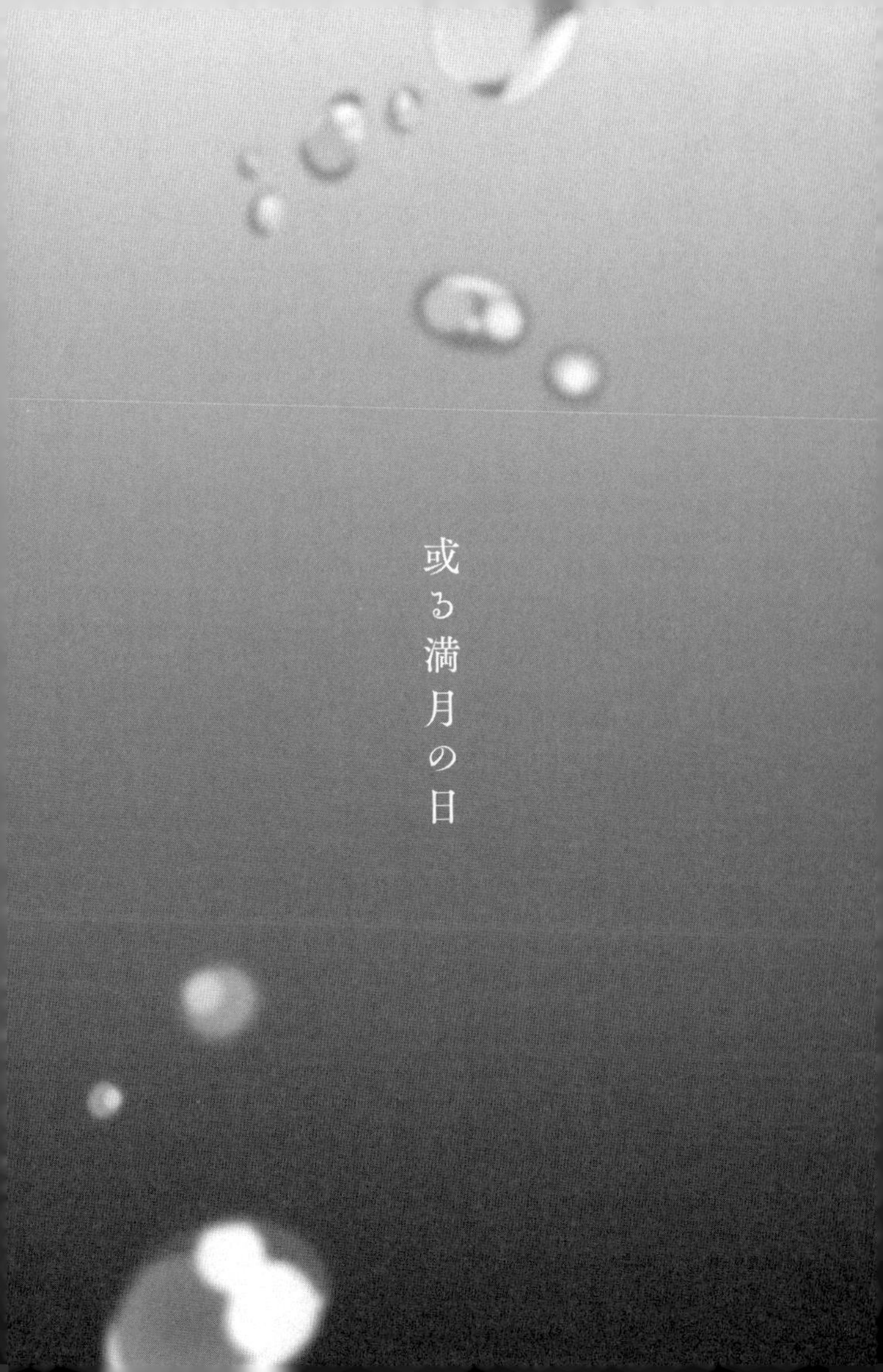

或る満月の日

或る満月の日

この頃のみなそこは忙しない。

宵は水没した村の復興と、川を挟んだ土地の新たな村の建設の手助けに奔走《ほんそう》している。水鏡はそれまでほとんど関わってこなかった隣国の再興について自国の王とやり取りを始め、その中で自国の政についても以前より関わることになった。赫天は宵の手伝いや助言をしていたが、少しずつ水鏡の仕事にも関わるようになった。未だ苦難の中にある自らの民について語るとき、その赤い瞳に小さな、しかし強烈な炎が閃くのを水鏡は見る。その炎は水鏡の胸に火花を飛ばす。

赫天にも思うところがあるのだろう。何年も幼子の姿でいたのが嘘のように、ここのところよく眠り、すくすくと成長している。声変わりも終え、手足は熱した鉄のように引き延ばされ、もう宵の背を追い抜きそうだ。宵と年もそう違わないような少年の姿で、幼子の頃と変わらず妻に馴れ馴れしい。いや、髪や頬に触れる手つきは以前とは違うようにも見え、水鏡はそのたびにしつこく割り込んでいる。赫天は挑発的に笑い、宵はただ困っている。

困っている宵を見ると、水鏡はこれまでの永い生で一度も覚えたことのない心地になる。見ていられないような気になるのに、自分の手でもっと困らせたいようでもある。どういうことなのかよくわからず、判断をつけてしまうのも何か憚られ、あまり深く考えないようにしている。落ち着かなく気恥ずかしいが、しかし決して嫌な気はしない。

穏やかに停滞《ていたい》していた頃とはまるで違う有様だ。鏡を通して多くの人間と続けざまにやり取りをすると、うまく物事が整理できなくて混乱することもある。

何の気もなく宵にそう話すと彼女は眉を寄せ首を傾げて、

「それは、お疲れなんですね」

と言った。なるほど、と水鏡は納得した。これが疲れと言うものか。

「少しは休んでくださいね」

「うむ」

続く宵の言葉に、深く考えずにそのときは頷いた。心を配られていることがくすぐったくも嬉しかった。

自分が疲れているのかもよくわからないが、あまり詰め込むと判断を見誤ることもあるだろうと考え、水鏡は多少仕事を減らすことにした。疲れている、と一言告げれば都の者たちはやり取りを簡潔に切り上げるので時間ができる。しかし精神はともかく肉体のほうは人と違い、休息を必要とすることはほぼない。疲れたときはどうすればよいのか、水鏡にはわからない。宵は書庫で調べものをしている様子だった。宵こそ疲れぬのかと案じるが、あれで頑固な水鏡の妻は簡単には休んではくれまい。無理に頼めば従ってくれるだろうが、それでは気が休まらないことぐらいは水鏡にも察せられる。どうしたものだろうか。考えることが多い。

御殿の縁に腰かけ、ぼんやりとみなそこの天蓋を眺めていた。揺らめく天蓋。湖の水面。その上の空を見つめるように目を細める。みなそこの主に応えて、その向こうに空が透けて見えてくる。今は夜。月は満月。欠けることのない煌々と輝く月。地上では民も月に見入っているのか。それとも昼の疲れで空に目を向けることもないだろうか。浮かんだ考えに自分で驚く。民についてこんなふうに心を寄せたことなどこれまでなかった。

その膝に、飛び込んでくるものがあった。

「鈴」

とろりと甘い声が出る。

にに、と応えるように鈴が鳴く。膝に懐く白い小さな猫を、水鏡は大きな両手で撫でました。どこもかしこも小さな柔らかい命。

「可愛いね、お前は」

当然、と言うようにごろりと桃色の腹を見せる。屈服の姿勢を見せる弱い生き物の腹を、むしろこちらが服従している態度で撫でる。どこをどう撫でてやればいいのか、水鏡の手はよく知っている。

このところ軽く撫でる程度しか鈴にはしてやれなかった。鈴は賢い猫で、相手が仕事をしているときに構ってもらおうとすることはない。埋め合わせるように隅々まで撫でてやる。鈴は心地よさそうにその手を享受する。撫でているのはこちらなのに、何故だか自分が慰撫《いぶ》されていくようでもある。何かが癒されていく。その感覚に、覚えがあった。今は疲れ。かつては、何か別のもの。それを、小さな命を慈しむことで癒した。

「そう言えば、お前を拾ったのも満月だったか」

にぃ、と鈴が鳴く。どこまでわかっているのかと水鏡は笑う。

そう。あの日も満月だったのだ。

あの頃の水鏡はふさぎ込んでいた。親しくなった村の男の行方がわからず、素朴で善良に見えていた村人たちに疑念を持ち始めていた。力を使い追及すれば何が起こったのかはわかるだろうが、そのことを考えること自体に倦《う》んでいた。

都にいた頃の喧騒から逃れて、これほど静かで素朴な村までやってきても人の心は同じように複雑で、濁っている。

月はいつでも美しい。

御殿の縁で、水面の天蓋と、その先の空を見上げる。

母なる神の産んだ地は、どれだけ見ても飽きることがない。いつでも新鮮に美しい。これほど多様な美しいものを産んだうえで、何故民を生み出したのか。母の意思が水鏡にはつかみかねる。いつかは納得ができるだろうか。先が見えない。みなそこには何の音もなく、ただ静かだ。この先も静かなままだろうか。ここに来たときはただ静寂を望んでいたのに、そう思うと底のない穴を覗き込んでいる心地になる。

月を割るように、水面に奇妙な波が立った。何かが湖に落ちたようだった。生き物のようだ。珍しいことだった。湖は神の棲家。人はもちろん獣でさえ湖を畏れ、軽々に近寄ったり、ましては落ちたりすることはほとんどない。

「なんだこれは」

好奇心からみなそこに招いたそれは、薄汚い毛玉だった。泥や血でもつれて絡まった灰色の毛に覆われた、ごつごつと骨だらけの生き物。目らしきものも汚れて固まっている。親や群れからはぐれてしまい、湖に落ちなくとも命が費《つい》える寸前だったろう。わけもわからずさまよった先がこの湖だったのだ。何かを恐れる気力さえなかったのかもしれない。

だが、まだ生きている。

「可哀想に」

自分の唇から半ば意図せず零れた言葉によって、この小さな命への同情が煽られた。水鏡は力を使い、膝に抱え込んだその生き物の傷をまず癒し、それから汚れを落としてやった。

「おや、猫だったのか」

自らの身に何が起こったのかもわからず、くったりしたまま水鏡を見上げるのは、子猫だった。真っ白なふわふわとした毛並みに薄く開いた水色の瞳。

「こんな毛並みだったとはな」

応えるように、びぃ、とか細い声で猫は鳴いた。体の傷は癒えても声はまだ罅《ひび》割《わ》れたような響きだった。親とはぐれて、鳴き声を聞かせる相手もおらず、鳴きなれていないのかもしれない。

「腹が減ったか？　乳でも用意させるか」

そう言うと、影が平たい皿に入った薄い乳を運んできた。

「ほら、お前のだ」

床に降ろすと皿の匂いを嗅ぎ、そのまま飲もうとして顔を突っ込み、皿が傾いて乳が零れる。

「おやおや」

力を使って乳を戻してやっても、どうしてもうまく飲めないようで、何度もことりことりと皿をひっくり返してしまう。皿が無理なら床から舐めればよいかと思ったが、どうも舐めることもうまく出来ない様子だった。

びぃ、びぃ、ともどかしそうに鳴いている。

「おうおう、可哀想に」

不合理なまでの子猫の非力に水鏡は焦る。焦りながら、舐めるのがうまくいかぬのなら吸うのはどうか、と、衣の袖をそのまま乳に浸した。すぐに別の布を用意すればよかったと思いついたが、焦っていたのだ。

「これで吸えるか?」

水鏡が恐る恐る尋ねると、びぃびぃ鳴いていた子猫は不思議そうに差し出された湿った袖に鼻を近づけ、それから勢いよく吸い付いた。渾身の力で吸っているのが子猫を抱えた手から伝わってくるが、それでも頼りない。命自体がたいそう小さい。

「おうおう。頑張れ頑張れ」

懸命な子猫を驚かせぬよう囁くほどの小ささの声で励ます。水鏡は今度は柔らかい布を用意すると、それに乳を含ませた。だが子猫は水鏡の袖から離れなかった。仕方なく、水鏡はたっぷりと袖に乳を含ませて不自然に丸まった姿勢で子猫に乳を吸わせてやった。

しばらくすると、子猫はころりと転がって眠ってしまった。乳臭く湿った袖の水鏡はさきほどよりいささか膨らんだように見える桃色の腹をそっと撫でてやる。指先に感じる皮膚の脆いほどの薄さと柔らかさ。しかし、その体温と呼吸は確かだ。この小さな小さな猫は、不格好に、そしてひたむきに生きようとしている。

「大変なものを拾ったな」

ため息交じりに呟く声が、自分の耳にも甘かった。水鏡は大切に子猫を抱えた。拾ってしまったのだから、この命を育む責任がある。言い訳のように自分に言い聞かせる。

水鏡はみなそこで不慣れながらもどうにかその子猫を育《はぐく》んだ。生えかけの歯がむずがゆい子猫に親指と人差し指の間を穴が開くほど噛みつかれたり、膝の上に粗相をされたり吐かれたりもした。驚き呆れ焦ることばかりだったが、しかし丸い腹を見せて眠る様子を見ると目尻が下がる。眠るたびに大きくなるようで、寝息一つ一つを聞き逃したくない気さえした。子猫はすくすくと成長し、乳ではなく魚の身なども食えるようになった。

もう少し育ったら、地上に戻すか。

拵《こしら》えてやった蝶々の玩具を捕らえた子猫を見て、水鏡は思った。初めの頼りなさが嘘のように、子猫は逞《たくま》しくなった。丸い頭にちんまりとくっついていたささやかな耳もぴんと猫らしく大きく張り、四肢も細いが狩人の俊敏さを備えている。短い尻尾も誇らしげに動く。あの薄汚れた毛玉だったものが。もう水鏡の助けがなくとも生きていけるだろう。いささか寂しくはあるが、みなそこは命あるものが永くいる場ではない。

玩具の蝶々を咥えた子猫が軽やかに水鏡に歩み寄る。そして、その足元にちょこん、と咥えていた玩具を置いた。得意気に水色の瞳が水鏡を見上げる。水鏡はしゃがみこみ、子猫に尋ねた。

「くれるのか」

にに、と、澄んだ愛らしい声が、水鏡の耳に届いた。水鏡に乳や餌を強請《ねだ》るうちに、こんなに愛くるしい声になったのだった。

本当に地上に戻さなくてはいけないだろうか。

「お前、ずっと、ここにいるか」

冗談めかして尋ねると、子猫は水鏡の膝にがむしゃらに飛び込んできて、爪を立ててしがみついた。小さな軽い、だが力強い命。水鏡が育んだ命だった。自分で獲物を捕れるまでになっても、袖に含んだ乳を求めるように、水鏡そのものを求めてくれる。もう手放せない。水鏡は猫に鈴という名を与え、自分の眷属とした。鈴と過ごしていると、水鏡は満ち足りて、塞ぎこんでいたことなどすっかり忘れてしまった。

あれから永い時が流れた。みなそこは随分と騒がしくなったが、鈴は変わらず愛くるしい我が物顔で水鏡の膝を占拠《せんきょ》している。あの時は水鏡の孤独や苛立ちを癒し、今は疲れを癒してくれる。

「いつもありがとう、鈴」

にに、と、わかっているのかいないのか、鳴き声で応える。その顎を水鏡はくすぐる。

鈴はいつだって愛らしい。水鏡の孤独を癒してくれた。そして今、水鏡は鈴の愛らしさについて分かち合いたい相手がいる。

「水鏡様」

呼ばれて振り返ると、ちょうど思い浮かべた相手がそこにいた。歩くたびに涼やかな音を立てる黒い髪に黒い瞳、顔の右半分を覆う痣。人の美醜は水鏡にはいまいちわかりかねるが、この娘は初めて見た時からずっと、目に快い姿をしていた。快く、優しい姿だ。いつでも顔を見ると嬉しくなる。

「宵」

鈴に対するのとはまた違う、甘い声が口から零れる。甘く、満ち足りるだけではなくそれ以上を求める声だ。

「はい。私も調べものが一区切りついたので、少しお話したくなって。あら、鈴もいたの」

言いながら隣に腰かける宵の膝に、鈴が飛び乗る。鈴は宵が好きなのだ。黙っているとどこか寂しげに見える宵の目元が優しく緩む。それを見るのが、水鏡はたいそう好きだ。好き、という言葉では、ひょっとすると足りないかもしれない。私の猫。そして、私の妻。そのうち赫天が起きてくるかもしれない。みなそこにいる誰もが、この優しい娘を求め、構ってもらおうとしている。

みなそこはあの頃から、随分騒々しくなった。だが、悪くない。

「ああ、私も、お前と話したいことがあった」

水鏡の言葉に、宵は小さく首を傾げる。その丸い頭を撫でると、水鏡は遠い昔の満月の夜について話し始めた。

あとがき

ことのは文庫でははじめまして。古池ねじと申します。

この「身代わりの贄はみなそこで愛される」はつらい境遇にある女の子が素敵な優しい男性に救われるラブロマンス、のつもりで書き始めました。可愛い可愛い猫ちゃんとちょっと生意気だけど懐いてくれる男の子も添えています。みんなでのんびり共同生活をしているところ、書いていて本当に楽しかったです。

現実離れした夢のようなお話ではありますが、というか、だからこそ、何かの偶然で誰かに助けてもらうだけではなく、自分自身でつらいことにも向き合い乗り越えることも書きたいなと思いました。なので主人公の宵にはそこから色々と頑張ってもらいました。

孤独だった宵が神様である水鏡に大切にされて自分自身を大切にすることを知り、困難に自分の意志で向き合い、しっかりと幸福になるまでを見守っていただけたらと思います。

もともとウェブで一人で書いていたお話でしたが、どういうわけかお声がけいただき、刊行していただく機会に恵まれました。

色々な方のお力をお借りして、こうして美しい本になりました。本当に、皆様に感謝しています。自分一人では絶対に叶わなかったことです。

そして、縁あってこの本を手に取ってくださった読者様、本当にありがとうございます。こうしてお会いできて本当に嬉しいです。

どうか少しでもこの物語を楽しんでいただけますように。

二〇二五年一月　古池ねじ

ことのは文庫

身代《みが》わりの贄《にえ》はみなそこで愛《あい》される

2025年1月26日　初版発行

著者　古池《こいけ》ねじ
発行人　子安喜美子
編集　尾中麻由果
印刷所　株式会社広済堂ネクスト
発行　株式会社マイクロマガジン社
URL:https://micromagazine.co.jp/
〒104-0041
東京都中央区新富1-3-7 ヨドコウビル
TEL.03-3206-1641 FAX.03-3551-1208（営業部）
TEL.03-3551-9563 FAX.03-3551-9565（編集部）

ISBN978-4-86716-698-7　C0193